恶魔之家

杀死孩子的双亲们

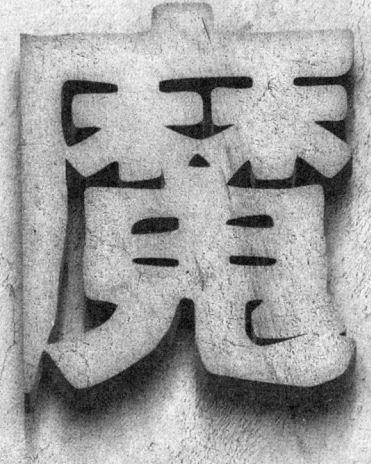

[日] 石井光太 著
烨伊 译

序　言

我手边有一封妻子寄给丈夫的信。

给孩子爸爸：

　　好久（不到两周）没有见面了呢。不过，看你精神似乎还好，我就放心了！你说会给我写信，我一直盼着信来呢。孩子爸爸是不是也盼着我给你写信哪？

　　之前我还有点期待，以为你四月份说不定就能回家。看样子是不行啦。（中略）很难熬吧？虽然难熬，但也要以早日回家为目标哟。否则会撑不下去的！五月有我们重要的纪念日，还有孩子上小学后的第一次运动会呢！

　　没有你，这个家果然很寂寞呢。（中略）我很想哭，但不想在孩子面前哭，所以会等到晚上。我现在的精神寄托，大概就是会面时能看到你十五分钟，和你说说话吧。尽管我知道这样下去是不行的……（中略）这样的我，你还愿意继续等吗？还是说，这样的我，你宁可不要也罢？

> 我试探着问了问孩子们的意思……他们都说:"我最喜欢爸爸了,所以会等爸爸和妈妈的!"孩子们比我还懂事呢。(中略)真希望一家人早点过上幸福的生活呀……虽然(孩子)爸爸老把那些话挂在嘴边,可是现在的我和孩子们都是因为(孩子)爸爸的努力,才成了一家人嘛!如果你不在了,我们都不会幸福的呀!(后略)

这对夫妻和六个孩子及宠物一起,居住在东京都内一间两室一厅的公寓里。然而,丈夫因一些事情不得不离开家一段时间。信中提到的五月份的"重要的纪念日"大概是夫妻二人相识的日子,"运动会"指的是当时刚上小学的长女所在的学校办的活动。

读到这样一封信,想必多数读者都感受到了这个家中的温暖爱意,有一股温情将这家人牢牢地系在一起。

丈夫回家后,也确实遵照信中的约定,和全家人一起参加了女儿的运动会,还用数码摄像机拍下女儿在比赛中大显身手的模样。我看了那段视频,画面中的女儿铆足力气在操场上赛跑,父母开心地为她加油鼓劲。

然而,在写下这封信大约两年后,这对夫妻被警方逮捕。理由是他们存在虐待亲生子女、杀人、抛尸等犯罪嫌疑。

几乎是刚刚结束通信,这对夫妻便将三岁的次子关进养兔子用的笼子长达三个月,致使其死亡,随后抛弃了他的尸体。他们还用宠物狗的牵引绳拴住次女,剥夺她的自由并对她拳打脚踢。在医院的救助下,孩子身上的伤两周后才痊愈。他们几乎不给这两个可怜的孩子食物,孩子被监禁在房间里,无法出门。

媒体异口同声称这对夫妇为"恶魔",将其行径暴露于光天化日之下。但在报道背后,这一家人的生活确实曾像信里写的那样,从夫妻和亲子的对话中足以感到他们对彼此的疼爱。

根据厚生劳动省的报告,二〇一三年因虐待死亡的儿童为六十九人(其中三十六人是虐待致死的,三十三人是被父母拉着寻死的)。往前一年是九十人,再往前一年是九十九人。

但这只是根据警方证实的虐待致死案件统计出的数据,日本小儿科学会的"儿童死亡登记、查证委员会"认为,真实数据应为报告数据的三倍到五倍,即将近三百五十人。

这些孩子被送到医院时,大部分的送医理由是"遭遇了事故"。即使死者身上多多少少存在可疑的外伤,医生也不便开口询问悲恸欲绝的父母是否虐待过他们的孩子。这样做可能招致父母的怨恨,若判断失误,则等同于在父母的伤口上撒盐。出于这些原因,若不是有十足的把握,医生便不会向警方通报,而是直接按照"事故致死""病死"等死因来处理。我就曾听一位儿科医生讲述过类似的经历。

本书中介绍的三起案件被警方察觉时,均已发生超过一年,会呈现这样的规律，也许和上述情况不无关系。"下田市婴儿连环杀害案""足立区兔笼监禁虐待致死案"都是如此，"厚木市幼童饿死白骨化案"更是在黑暗中隐藏了七年有余才公之于世。

媒体报道这类案件时，无一不是大肆披露父母用残忍方式杀害孩子的事实。它们将加害者比喻为没有人性的恶魔，世人也照搬媒体的宣传，谴责这些父母。

但若直接和加害者，也就是孩子的父母交流，他们的话里却流露着对孩子坚定不移的爱。孩子是我的宝贝，我是含辛茹苦地将他拉扯大的，我们一家人过得很幸福——如此这般。

请再读一次本书开头的那封信。有谁能断言那是加害者的谎言呢？他们毕竟是曾为孩子着想过的。

我采访过的许多虐待儿童的父母都是这样。至少没有人对我说过，自己是恨孩子恨得不得了，所以把孩子杀了的。

那么，这些父母为何爱着孩子，又对其施暴或忽视[1]（育儿放弃）呢？这些孩子为何被夺去了性命呢？我认为，这些才是问题的关键。

无论在法庭上，还是在与我的交流中，书中提到的三起案件的父母，都曾异口同声地说出这样的话：

---

[1] 忽视：neglect，又称育儿放弃，特指父母虐待儿童的一种方式。如不给孩子吃饱饭，孩子生病或受伤也置之不理，或长时间不给孩子洗澡等作为监护人放弃行使其职责的行为。——译者注（本书脚注均为译者注）

"我是爱孩子的,却杀了他。"

只是,他们的前半句话要做一点补充:"我已经尽我所能去爱孩子了。"

目录

案件1 厚木市幼童饿死白骨化案

化为地狱的公寓　002
一家三口　008
夫妻争吵　016
妻子失踪　021
监禁生活　026
孩子为何未能获救　033
爱欲与死亡　038
判决之后　047
不该生育的夫妇　052
风俗小姐　064
箱根的老字号旅馆　073

案件 2 下田市婴儿连环杀害案

伊豆半岛以南 088
单亲之家 094
结婚 104
夜晚的工作 110
悲剧性的复婚 116
二〇一五年，下田 122
怪物之子 131
"天花板上的孩子" 137
"我只是胖了！" 142
"壁橱里的孩子" 150
二〇一五年，沼津 158

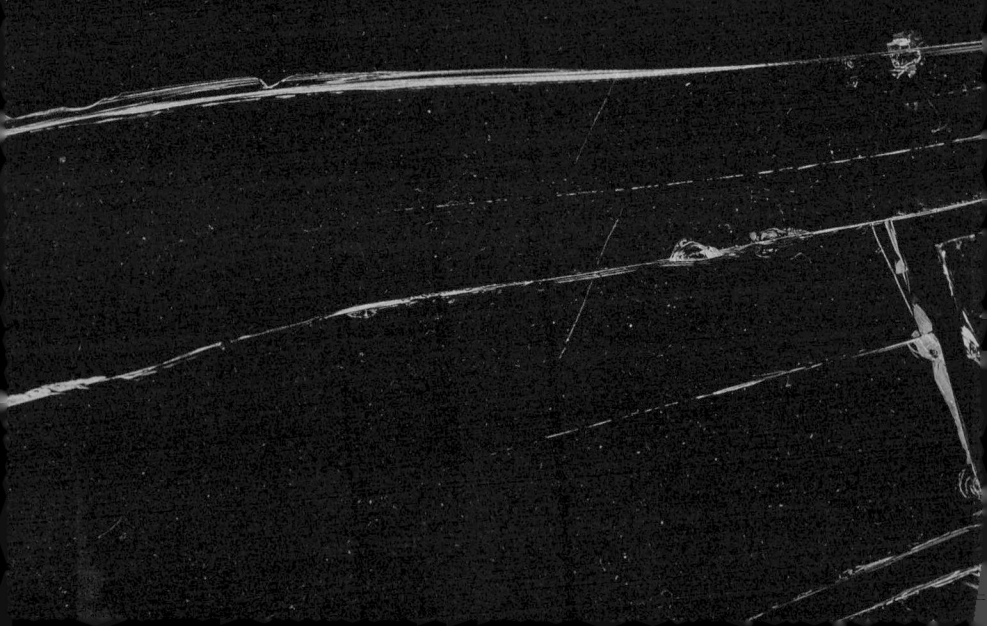

案件3 足立区兔笼监禁虐待致死案

荒川　168
审判——二〇一四年　172
家庭画像　183
怪兽之子　189
夫妻关系　201
再次被捕　210
审判——二〇一六年　214
判决　229
另一个怪兽　234

尾声　249
文库版后记　269

案件1

厚木市幼童饿死白骨化案

化为地狱的公寓

神奈川县厚木市一片安静的住宅区中,有两栋小巧的黄色公寓比肩而立。公寓外观可爱,应该很受年轻女性青睐。

公寓门口停着儿童自行车,摆着印有动画插画的伞,还有玩具铲车,应该有年轻夫妇带着孩子住在这里。到了傍晚,便会有三两灯光从窗子里漏出来,洒在公寓正对着的一小片田地上,空气中弥漫着汉堡和咖喱饭的香气。

从公寓前经过的人们仿佛也会被楼里飘出的家的气息感染,不由得心头一暖。结束社团活动回家的高中生把自行车停在门口,靠在围栏上嚼着从便利店买来的面包有说有笑,偶尔有同年级的女生路过,双方会打个招呼。

然而,从二〇〇四年开始,大概十年的时间里,无论是公寓的居民还是他们的街坊四邻,竟没有一个人注意到其中一栋公寓一层一角的房子早已化为地狱。

那是一套两室一厅的房子,日式和西式房间兼有。从二〇〇四年十月起,房子的挡雨板再也不曾打开,电表也长时间不走一个字。房间里如同垃圾场，吃剩的食物、塑料瓶、用过的纸尿裤等约两吨重的垃圾堆了一米多高，空气中弥漫着恶臭，到处是爬来爬去的蛆虫和蟑螂。

住在这套房子里的，是斋藤幸裕（二〇〇四年十月时二十六岁）和他三岁的长子理玖。照片中的理玖是个可爱的男孩，长着面包超人似的圆脸蛋。

二〇〇四年十月，理玖的母亲离家出走。这成了房子被垃圾吞没的导火索。母亲离开后不久，水电和燃气就因未交费而停止供应。幸裕是运输公司的司机，每天早上上班前，一定会将理玖关在漆黑的和室里，用胶带封住拉门，不让理玖出去。父子俩的饭菜永远是从家附近的便利店买来的面包或饭团。

年幼的理玖在黑暗的房间里，坐在脏兮兮的被褥上度过每一天。父亲也不让他上幼儿园，所以几乎没有人知道这个孩子的存在。他偶尔玩玩用脚蹬着走的玩具车，却不可能打开电视或收音机。感到饥饿或口渴的时候，就对着拉门奶声奶气地哼唧："爸爸，爸爸……"极少数时候，幸裕突然回来，理玖就开心地大叫着朝他走去。

可是，幸裕对幼小的理玖感到厌烦，一旦在外面有了女人，就几乎不回公寓。起初他两三天回一次家，后来变成三四天，最后演变为整整一周都不回家。

这样的"监禁生活"持续了两年零三个月，二〇〇七年的一月,理玖终于失去了生命。他在冷得哈口气都会冒白烟的房间里,蜷着身子断了气,身上只穿着一件T恤和纸尿裤。

几天后,幸裕回家时发现理玖死了。但他没有报警,而是把尸体扔在家中逃跑了。被捕前,幸裕一直不回公寓,并隐匿理玖已经死亡的事实,非法领取育儿补助。

理玖死后,房子无人居住,信箱里塞满了广告传单,屋里的垃圾和尸体腐烂的臭味一定相当刺鼻。然而,公寓的住户、附近的居民,以及行政部门的员工,竟无一人关注到这些异常。

七年多过去了,二〇一四年五月三十日,理玖的死终于公之于世。他的尸体被发现的那一天,正是他十三岁的生日。

二〇一五年十月的一个早上,我乘横滨市营地铁在港南中央站下车,天空中沉云密布。

港南区役所的老旧灰色大楼就建在紧邻出站口的位置。冷风裹挟着寒冬的气息吹进窄窄的小巷,拄着拐杖的老人、穿针织衫的主妇全都缩手缩脚,像一个接一个地被吸进大楼里似的。还有一个男人坐在楼门口的台阶上,沉默地仰望着布满阴霾的天空。

沿小巷笔直地走上五分钟,就能看到住宅区后面的横滨监狱。水泥砌的高墙围在四周,使监狱如一座碉堡,马路对面小区模样的建筑是狱警的宿舍,再往前就是我此行的目的地——横滨看守分所。我约见了因杀害理玖被起诉的斋藤幸裕,今天是我们见面的第一天。

他引发的"厚木市幼童饿死白骨化案"是一起监禁亲生孩子并使其饿死的残忍案件,而且沉寂了七年多才浮出水面,媒体因此大肆报道,现在全国上下几乎无人不知。针对斋藤幸裕的审判于上个月开始,法庭只有三十个旁听席位,希望旁听的人却超过了四百名,法院不得不以抽选方式筛选旁听者。媒体记者将幸裕在法庭上的发言写成细致的报道,一天中发布了好几次速报消息。

公开审判中,幸裕显得沉默寡言,似乎是一个不善表达情感的人。他尽管有时歪着脑袋,鼓着双颊,流露出不满的情绪,但并未尽力倾吐内心的想法,只是干巴巴地陈述表面事实。

很多事他都"忘记了",这让我感到不可思议。不仅是审判中对自己不利的内容,就连对自己有利的部分,或者常人认为绝对不可能忘记的事情也从他的记忆中剥落了。有些细节法庭至今没有弄清,或许也和他的健忘有关。因此,我打算直接与他见面,听一听他的真实想法。

我在看守分所入口处做完人体安检,办好会面手续后,坐在长椅上等候。接到广播通知后我被带到会面室。我事先写过信,他似乎记得我的名字。会面室空间狭窄,只有两张榻榻米大小,放着三张折叠椅,树脂隔板对面有一张嫌疑人坐的椅子。

没等多久,幸裕就在一位男性狱警的陪同下出现了,他穿着一件脏了的灰T恤。会面时间只有十五分钟,我隔着树脂板做了简单的自我介绍，便询问他对于这起案件的直观感受。他先是憋住一口气，之后忽然开始说话，声音发颤。

"我根本就没有杀理玖。而且，那家伙就没有责任吗?!"

根据公开审判时得到的信息，我知道"那家伙"指的一定是幸裕的妻子爱美佳（化名）。幸裕在法庭上一次也不曾提到妻子的姓名，一旦谈及和她有关的话题，立刻愤怒地皱着脸，语气也变得粗暴。

幸裕明显很急躁，不停地挠着有过敏性皮炎的胳膊和脖子。

"我一个人带了理玖两年多呀。给他喂饭，也给他换纸尿裤，还给他擦身子，陪他玩。该做的事我都做了。但他们为什么要说我杀了人，把我抓起来？这很奇怪呀！"

隔着一层树脂板，我仍旧能感受到他的愤怒。那是针对审判的愤怒吗？他激动地回答我的问题，唾沫积在嘴角。

"审判就很扯，媒体报道也是乱七八糟。这帮人一开始就认定了是我不对，就只报道这些东西，光说我把理玖关起来、杀了他。我之前一直有好好带孩子，这个他们怎么不报道？"

或许他说得没错。

"真的很扯，很奇怪。理玖确实死了，但报道说是我杀了他，这是错的呀！小孩子死掉本来是常有的事，为什么只有我上了新闻头条？"

媒体将这起案件炒得沸沸扬扬，主要是因为"下落不明儿童"的问题正受到社会的广泛关注。行政机构有责任通过定期体检和义务教育等途径，确认孩子的人身安全受到保障。但这道安全屏障一直未能完善，致使儿童下落不明的情况时有发生。

不知该说是好事还是坏事，幸裕的案子正像一道光，照亮了这片灰色地带。媒体通过炒作这起案件，向大众普及"下落不明儿童"的概念，发起对行政机构的批判。全国各地的自治体迫于舆论压力展开调查，厚生劳动省公布的数字显示，截至二〇一四年十月二十日，共有一百四十一名儿童下落不明。而从幸裕的角度来看，也许就会产生"为何只有自己被抓了典型"的疑问。

"请不要误会，我也不是说自己一点错也没有。我是想说，这场审判和媒体报道的态势并不正常。"

"哪里不正常呢？"我问。

幸裕瞪着我答道："你也在审判现场吧？在的话，还不明白哪里不正常吗？"

他望着我，眼睛一眨也不眨：

"看到审判过程的人，一般都能明白我的意思吧。"

在法院旁听时，一直存在于我心中的疑问仿佛一下子被他看穿了。如果只是描述案件的表面情况，起诉书和媒体的报道可谓恰如其分。然而，听了幸裕或相关人士对案件的直接供述，我又很难不去怀疑：眼下的调查或许并未切中案件的核心。幸裕所说的不正常，指的应该就是这个。也就是说，被告本人对这场审判持怀疑态度。

这究竟是怎样一起案件呢？

一家三口

我先整合法庭上掌握的"事实"和自己采访得来的信息，对案件的基本情况做个大致说明。

斋藤幸裕一九七八年生于神奈川县横滨市鹤见区。那是一片与东京湾对望的工业区，东芝、日产汽车等各个领域的大企业工厂、物流中心集聚于此。货物运输干道和首都高速路都经过这一区域，大货车不分昼夜地驶进驶出。也有很多企业会把员工宿舍建在这里，鹤见区的不少居民都在附近的工厂上班。

幸裕的父亲当年也在该区一家上市公司的工厂工作。工厂实行三班倒工作制，早班上午七点开始，中班下午三点开始，晚班晚上十点开始。因此除了早班时间，幸裕的父亲能和家人面对面交流的时间就只剩下休息日。家里的大事小情几乎全由全职主妇——幸裕的母亲操办。

幸裕小时候社会经济繁荣，一家人的日子过得很安稳。他有一个小他一岁的妹妹和一个小他四岁的弟弟。身为长子，幸裕很会照顾人，善于交际，是个性格开朗的孩子。如果硬要说他对童年的生活有什么不满，无非就是家附近适合小孩子玩耍的公园或广场不多，以及父亲很少参与家务事。

上小学那年，由于父亲被公司调到另一家工厂，幸裕一家搬到爱甲郡爱川町的员工宿舍。爱川町和工业化的鹤见区不同，是个绿化丰富的地方，中津川从城镇中心流过，山峦和田野的风景四时不同。

幸裕读小学那段时间，正是红白机人气爆棚的时候。放学后，有朋友邀请幸裕去家里打游戏，但他还是更喜欢在户外玩耍。那时的他常去员工宿舍附近的公园，和朋友们一起打棒球、踢足球，玩到天黑才回家；或者和弟弟妹妹一起度过课余时光。

幸裕的手也很巧，擅长在桌前做复杂的手工，父亲给他买回拼图或模型，他自己读完说明书，很快就可以装好。幸裕的妹妹也记得哥哥小时候总是埋头拼装塑料模型。

平静的生活，在幸裕上小学六年级的时候被打破了。当时三十五岁的母亲突然患上了精神分裂症。患这种疾病严重时会出现幻听或幻觉，或者浑身无力，卧床不起。

母亲的症状相当危重。她为强迫症所苦，对火表现出异常的执着，曾在家中将数十根蜡烛放在一起点燃，披头散发地在屋里转来转去，大喊："魔鬼来了！魔鬼来了！"若是家人阻拦，她便暴跳如雷。

附近的居民回忆起当时的状况时如是说：

"那是 A 社的员工宿舍，一共四层，斋藤家好像住在二层或三层。他太太（幸裕的母亲）体态臃肿，大冬天还穿着裙子和凉鞋四处游荡，吸引了不少人的目光。在我们那一片，提到'A 社的那个人'，大家就都知道是斋藤太太。当时她就是那么出名。

"那个人的奇怪举动，一般都发生在夜里十点到第二天天亮之间。她有时候打开家里的窗户，敲着平底锅怪叫，有时候在大马路上洒油，有时候在路边摆一排灭火器或施工时用的红色路锥。

"她还因为用火闹出过大乱子呢。好像是一天晚上，那个人在路口拐角点燃了许多蜡烛。附近有人发现，报了警。她好像对警方说，这样做是为了除魔还是什么的。"

幸裕母亲在家的时候，燃着的蜡烛曾经引燃她身上的衣服，把她烧成重伤，她因此住了半年的院。她还曾沉溺于幻想中，从家里的阳台上跳楼，被救护车拉走。那时不仅母亲自己，连孩子们都随时可能面临生命危险。

即使母亲的情况如此糟糕，父亲仍然忙于工作，几乎不怎么回家。偶尔回来得早了，也是推说"我累了"，不肯帮忙。家里变成这样，长子幸裕只好为了保护弟弟妹妹挺身而出，阻止母亲。但有些事仅凭一个孩子的力量到底是办不到的。正值敏感的年纪，眼见母亲在自己面前崩溃，幸裕心里不知作何感受。

在后续的审判中，幸裕因为经常模棱两可地回答"不记得了""忘了"而引出了乱子。检察官怀疑他故意回避不利于自己的问题，严厉地责问，幸裕却说："小时候，我因为妈妈生病吃了不少苦。从那以后，一有烦心的事我就会全都忘掉。"

为幸裕做心理鉴定的山梨县立大学教授西泽哲认同幸裕的说法，并作为证人出庭做证：

"由于母亲生病，被告（幸裕）小时候经常需要直接面对一些极具冲击力的情景。年幼的他难以独自面对过于沉重的现实，所以他有可能下意识地养成忘记痛苦的习惯，或者是下意识地不让自己做过多的联想。对他来说，这是一种适应现实生活的方式。"

幸裕忘记的事当中，也有不少是在审判层面上对他自己有利的部分。这充分表明他没有为了给自己开脱而说谎。

升入当地的公立初中后，幸裕尽量不待在家里和母亲打照面。他加入篮球社团，每天埋头练习打球，很晚才回家。小学时的他性格还算活泼，但母亲生病后，他变得沉默寡言，尤其是关于自己的事，更是不愿对外界倾吐一丝一毫。也许对他来说，只有在球场上追着球四处奔跑的时候，才能忘掉一切烦恼吧。

初中毕业后，幸裕升入当地普通的县立高中。这所高中的偏差值[1]并不高，四十多，但学校位于一座山丘之上，视野开阔，操场很大，在体育方面是强项，足球社团尤其出名。

幸裕上高中后也加入了篮球社团，但高一时因为鞋子被偷而

---

[1] 偏差值：指相对平均值的偏差数值，是日本对于学生智能、学力的计算值，被看作学习水平的真实反映，是评价学生学习能力的重要标准。通常以五十为平均值，数值越高表示成绩越好。

产生抵触情绪，退出社团后考取了摩托车驾照，沉迷于摩托车改装和开车兜风。他以前就喜欢搭塑料模型，此时更是沉浸于机械改装的魅力中。

休息日开摩托车兜风时，幸裕经常约上妹妹一起。妹妹说，哥哥这样做不仅是因为朋友不多，也有不希望妹妹和母亲在家单独相处的考虑。

"我那时候和哥哥关系很好。小时候他就经常带我出去玩，在家的话，也会和我一起打游戏。他上高中的时候，会让我坐在摩托车后座，带我去山里玩。"

高中毕业后，由于对机械感兴趣，幸裕考入一所机动车专科院校。但家离学校很远，单程就要花去两小时，他没读半年就退学了，之后成为一家运输公司的非正式雇佣工。同时，他在厚木市内租了一间公寓，开始一个人生活。

快要二十岁的时候，幸裕遇上了后来的妻子——川本爱美佳。此前，他和朋友一起在小田急线的小田原站前面向女高中生搭讪，随后幸裕和一位女学生成了男女朋友。十几岁的幸裕样貌清秀，沉默寡言中带着一股锐气，很受年纪小的女孩子欢迎。幸裕和那位女高中生的交往只持续了几个月便落幕，随后他便和那位女生的一个同学走得很近。那就是爱美佳。有一天，幸裕和爱美佳一起去了居酒屋，两人从那之后正式开始交往。

爱美佳比幸裕小三岁，当时正上高中二年级，出身于一户在箱根经营老字号旅馆的大家庭。那家温泉旅馆在当地相当有名，一家人的关系却和繁荣的家业正相反，可谓四分五裂。爱美佳的父亲在外面有了女人，离家出走。留在家中的母亲对教育过分上心，动辄对成绩不好的爱美佳发火，训斥她时相当严厉。

爱美佳正值敏感的年纪，这样的家庭环境更是激起了她的叛逆情绪，她不再用功读书，每天放学后都和狐朋狗友在小田原的繁华街区浪荡。那时的她，多半带着想让母亲头痛、想冲淡心头的寂寞、想在家外面找乐子的心态，她正是在这段时间认识了幸裕。当时，她眼中的幸裕或许是个年长而可靠的男人，比父母更理解她的心情。

爱美佳陷入和幸裕的热恋中，频繁出入他的公寓。幸裕也为小自己几岁的女友痴狂。一天，爱美佳在家中与母亲争吵，随即离家出走，投奔幸裕。爱美佳从此和幸裕开始了同居生活，从高中退学。

两人在公寓里相依为命，每一天都快乐得不得了。生活费全靠幸裕在运输公司的工资，爱美佳每天在家中无所事事，休息日两人要么去小钢珠店，要么开车兜风。幸裕对机械的喜爱也延伸到了自己的爱车上，这段时间，他在金融机构的借款共有十五万日元，大概与车辆改装费过高不无关系。

两人同居的第二年，爱美佳怀孕了。是发现经期停止后查出的。得知怀孕后，两人喜出望外。下面是幸裕对当时的回忆：

"那时候我们就像普通的恋人一样爱着彼此。所以发现怀孕之后，很快就打算结婚。那家伙以前就说她喜欢小孩、想生孩子，我也觉得既然怀了那就生吧。

"我们的家人倒是没有反对啦。我老爸很平静地接受了，说既然是成年人了，就自己做决定吧。对方（爱美佳）的父母，大概是觉得已经怀了小孩，结婚也是没办法的事。

"好像是说好要结婚之后，我才第一次去她箱根的老家。我大概去她家吃过两次饭。她的家超大，我都惊呆了。不过，因为我们没有钱，就没举行婚礼，只是约上熟悉的亲朋好友办了一场婚宴，然后就迁了户口。"

在这场取代婚礼的宴席上，幸裕的家人全员到场，爱美佳的家里则由叔父代替她失踪的父亲出席。

婚后，为了迎接宝宝的出生，两人找了新的住处。他们四处看房，最终选定了后来成为案发现场的厚木市内这栋黄色的公寓。

两人说好，幸裕先搬去公寓独居，爱美佳生完孩子在老家休养一个月后再搬进来。长外孙的降生使箱根的家里人不得不接受眼前的事实，对爱美佳之前的所作所为既往不咎。就这样，爱美佳于二〇〇一年五月三十日诞下长子理玖。赶来祝福的亲戚看到幸裕和爱美佳一脸幸福地抱着还在吃奶的小婴儿的样子。

一个月后，爱美佳如约抱着理玖住进公寓，一家三口的新婚生活就这样开始了。这段时间，幸裕辞去了运输公司的工作，改去涂装公司上班，希望能掌握一技之长。然而他是非正式员工，赶上下雨天又无法开工，拿不到当天的工资。一家人生活拮据，常常需要向箱根的亲戚借钱，还向金融公司借了十三万日元。

到了第二年三月，幸裕在厚木市内的一家运输公司找到了有正式编制的司机工作，生活总算安定下来。他的到手工资为二十三万到二十五万日元，此外还有公司给员工家属的津贴。幸裕每个月从收入中拿出五万到十万日元给爱美佳做生活费，剩下的钱用来还房租和贷款。

司机这份工作似乎并不轻闲，有时不到凌晨四点就要出门，每天的平均工作时长为十到十一小时。一周休息一天，每个月平均加班七十到八十小时。

虽然如此，幸裕上早班回家早的时候，还是会帮爱美佳给理玖洗澡、换纸尿裤。他并没觉得养孩子是件麻烦事，而是希望担起一个父亲起码应该承担的责任。

爱美佳也尽了她的努力，想让新婚生活尽可能地幸福温馨。她以前从没正经做过家务，连烧饭和洗衣服都不知道该怎么做，却几乎每天都给家人或朋友打电话，逐一请教每项家务的做法，拼命试着掌握。前面提到的西泽教授认为："也许正因为原生家庭四分五裂，爱美佳才想努力经营一个幸福的家庭。"

夫妻争吵

结婚一年后,这对夫妻的争执渐渐多了起来。起初是爱美佳难以忍受育儿的疲惫,她开始对幸裕说:"我想出去和朋友自由自在地玩。"纵使已为人母,但爱美佳不过是个二十岁的女孩。看到初高中的朋友化着妆,背着高档品牌的包包出门游玩,爱美佳大概会有一种自己被大家抛弃的感觉吧。

爱美佳慢慢怠惰了家务,家里的垃圾丢得四处都是。脏衣服放在一边,几周都不洗。她在家中扮演一个好妻子的愿望,猝然中断了。

和幸裕的争吵自然也多了起来。幸裕下班回来却没有饭吃,孩子晚上大声啼哭,爱美佳也置若罔闻。若是幸裕抱怨,爱美佳非但不会道歉,反而大吼着骂回去。两人甚至曾经扭打在一起。在法庭上,每当法官或律师提醒爱美佳注意言行,她都会立刻激烈地反驳,显得很有攻击性。

针对夫妻争吵一事,两人在审判中完全是各执一词。被问及夫妻关系时,爱美佳语速极快,声音尖厉:

"我在家动不动就会被打。这是家庭暴力!从我们同居的时候就开始了。他每次打我都没什么理由,根本是莫名其妙,突然就是一通臭骂,或把我狠狠地打一顿。我总是伤痕累累。

"他很可怕的。每次打我的时候嘴里都不知道在嘟囔些什么,我只能任他摆布,直到他发泄完。他还把家里弄得一片狼藉。西式房间和厨房之间的拉门被他打了个窟窿。我们做爱的时候,他也对我施暴。我说不想做,他就算把我打得遍体鳞伤,也要逼着我做。"

爱美佳哭着控诉,称自己从始至终都是家庭暴力的单方面受害者。然而,法官对她的控诉持怀疑态度,询问"既然同居的时候他就对你施暴,你为什么还要和他结婚"或"为什么之前没找律师商量过"等问题,她立刻说不出话来。

而幸裕承认吵架的时候动过手,却说那只是极少数情况,每次动手都有明确的缘由。

"吵架的原因是那家伙出轨,还有说谎。有一次她和陌生男人发消息,我一看,两个人说要去情侣酒店。我问她这是怎么回事,她还是说'不知道',一直跟我说谎,我们就吵了起来。

"但我没有对她动粗。因为打人的不光是我。一旦我打她,她绝对会用拳头捶回来。她还会用遥控器丢我,因此砸破过拉门上的玻璃。所以我也很气愤。"

两人共同的朋友也曾好几次看到爱美佳身上有伤。无论一对夫妻为了什么争吵,男人无疑是力气大的一方,说动手时不占上风是不可能的。

夫妻之间的问题没能解决,两人逐渐开始对年幼的理玖不闻不问。爱美佳开始打工后,这种情况变得越发明显。

二〇〇二年岁末的一天,爱美佳开始在小田急线本厚木站附近的风俗店[1]做小姐。那是一家名叫M的按摩保健店,为客人提供到店服务。营业时间是上午十点至深夜零点,爱美佳一周出勤五天,从早干到晚。她上班时,一直将理玖放在车站附近的托儿所N(现已停业)。

几个月后,爱美佳又在家附近的便利店找了一份早班的工作。这样一来,她几乎没时间照料理玖。这段时间,爱美佳的作息如下。

幸裕去上早班后,爱美佳清晨四点半去便利店打工,留理玖独自在公寓里。打工时间是五点到十点。结束后,爱美佳回到公寓给理玖喂饭,然后坐公交车到本厚木站,将理玖交给托儿所N,中午起在M打工到深夜。只有从家到托儿所的那段短暂的路程,才是她与醒着的理玖相处的时间。

在法庭上,被律师问及为何有孩子还要长时间工作,爱美佳坦然地答道:

---

[1] 风俗店:日本提供性服务的店铺,营业种类很多。下文中的"按摩保健店"和"粉红沙龙"即为不同类型的风俗店铺。

"因为每个月的生活费根本不够花。不光要吃饭,还有给理玖买衣服之类的花销哇。而且,我也想有一些可以自由支配的钱。所以就决定自己去挣。"

爱美佳赚的钱当真用在儿子和生活上了吗?这一点很值得怀疑。因为她打工后,依然给理玖穿脏兮兮的衣服,理玖的头发和指甲长到很长也没有修剪。而且爱美佳打工之前,也不曾和幸裕提过生活费不够用的事。

无论如何,两人这样生活下去,无可避免地会对孩子产生不好的影响。据说理玖快两岁时还不会说话,甚至不能独立进食。这对夫妻曾经的朋友高桥香(化名)这样描述理玖当时的状态:

"公寓里非常脏。理玖身上一年到头带着尿臊味。两岁了还一点话都不会说,吃东西好像也只会用手抓。我也没见过他用勺子,也许没有人教过他怎么吃饭。"

有一件事让高桥印象深刻。爱美佳在便利店打工的那段时间,曾在一个大清早打电话给她,上来就说:"理玖好像在公寓一直哭。我正在打工回不去,你能不能替我去看看他?"高桥慌忙跑进公寓,屋里的景象让她怀疑自己的眼睛。一进门就没处下脚,到处都是垃圾,地上还扔着用过的安全套。

大约一年前高桥来过一次,当时家里还没有乱成这样。这段时间到底发生了什么?屋门旁边就是和室,里面传来理玖激烈的哭声。高桥拨开垃圾,打开拉门,只见理玖独自一人在垃圾堆里大哭不止。想到孩子也许是每天都被扔在家里才这么伤心，一股怒火从高桥心里升起。

她在采访时这样说道：

"当时家里的样子，和他们刚结婚的时候完全不同。我都怀疑自己进错了房间。我想是因为爱美佳不干家务，才会变成这样的吧。

"斋藤（幸裕）原本就是个没什么生活概念的人。他就像个孩子，给他东西吃，他就会全都吃光，也不会想着去扔垃圾。他这个人是很邋遢的。所以爱美佳以前做家务的时候，还能勉强维持家里的整洁。

"后来应该是他们夫妻关系不好了，爱美佳从早到晚都在打工，家里就变成了那个样子。当时屋里真是乱得不行，谁看见了都会明白：这个家已经彻底完了。"

终于，导致两人关系完全崩盘的事情发生了：爱美佳在风俗店打工的事被幸裕发现了。他情绪激动，立刻要求爱美佳辞去工作，但爱美佳只是嘴上答应，仍然去上班。两人的争吵自然更多了，暴力也进一步升级。

妻子失踪

二〇〇四年十月，理玖三岁时，两人的婚姻彻底破裂。

下面笔者按照两人在法庭上的供述，对事情经过进行说明。但由于爱美佳的证词缺乏可信度，还望读者阅读时明确：有些内容只代表她的个人立场。

十月六日傍晚，难得幸裕、爱美佳和理玖三人都在家里。这天幸裕上早班，傍晚就到家了。爱美佳当天似乎没有按摩保健店的工作。吃完晚饭休息的时候，爱美佳的手机响了。是按摩保健店的女同事打来的。一接通电话，对面的女孩就大喊：

"我要自杀！"

爱美佳摸不清状况，只知道同事目前的状况很紧急。她想"一定要去看一下"，于是向幸裕说明情况，把理玖交给幸裕照看后，冲出了家门。

爱美佳在审判时称，她这位朋友不知为何住在西新宿的公寓，那里距离本厚木有一个多小时的路程。我怀疑爱美佳的证词并不可信，是因为在法官详细询问之下，她的回答过于牵强。她突然开始吞吞吐吐，声称"（朋友的姓名）只记得名字，不记得姓了""（公寓位置）不清楚""（当晚睡在哪里）忘记了，大概是朋友家里"等等。听说朋友要自杀，连夜赶去见对方，却不知道对方的姓氏和住处——会有这样的事吗？

那天晚上，她住在西新宿的朋友家中，"大概"一直待到了次日早晨。天刚亮不久，爱美佳的手机就收到一通来电。是幸裕打给她的。幸裕在电话那端说：

"厚木儿童咨询所打来电话，要我领理玖回家。理玖好像自己跑出去了。我现在在上班，你能不能过去一趟？"

七号这天，幸裕上早班，不到四点就出门了。随后，被留在家中的理玖也许是想找爸爸妈妈，独自从公寓中走了出去。

根据儿童咨询所当时的记录，警方于清晨四点半接到通报，将理玖临时监护。理玖被发现时身穿红色 T 恤，下身裹着纸尿裤，光着脚，在路上冻得浑身发抖。警方将理玖带到儿童咨询所，然后联系了幸裕。

儿童咨询所中留有事发时员工对理玖状态的描述，那时理玖身上已经出现了被忽视的表征。譬如他已经三岁了，却"不会和人交流"，"只会重复员工和他说的话"，吐字时"发音奇特，听不出说的是不是日语"。此外，他的耳朵里"满是耳垢"，"指甲很长"，吃东西时"用左手抓着吃"。理玖是左撇子。

上午十点后，爱美佳到厚木儿童咨询所领理玖回家。当天区域负责人儿童福利士[1]休假没来上班，其工作由其他员工代办。员工将理玖被带到儿童咨询所之前发生的事告诉了爱美佳，然后问她为何让孩子单独待在家中。爱美佳是这样回答的：

"昨天晚上，我朋友突然出了事。她告诉我她要自杀。于是我让丈夫照顾理玖，自己去了朋友那里。但理玖似乎在丈夫出门时溜了出去。发生了这种事，我会好好反省的。"

员工接受了爱美佳的解释，只提出今后要进行家访的要求，便解除了临时监护，让爱美佳带走了理玖。

如今回溯起来，那时是拯救理玖的绝佳时机。但警方与儿童咨询所交接时，对案情的说明是"孩子迷路"，员工按照相同的事由做了记录，之后将工作交还儿童福利士处理。第二天，儿童福利士借助文字记录理解案情，未能看到潜藏于其中的严重问题，事情就这样不了了之了。

当天傍晚幸裕回家时，爱美佳和理玖两人在家。但没过多久，爱美佳突然站起来说：

"我去买点东西就回来。"

幸裕以为爱美佳要去便利店买吃的，便回答："知道了。"爱美佳只带了一个包就出门了。

可是，爱美佳再也没有回来。从此以后，她就下落不明了。

---

[1] 儿童福利士：根据日本《儿童福利法》，以受理有关儿童及孕产妇的保护、保健等福利事项的咨询为职务的地方公务员。

到了半夜，幸裕见她还没回来，慌忙打电话给她，爱美佳却没有接。幸裕又给爱美佳打了两天电话，但总是无人接听。于是，幸裕确定她离家出走了。

为什么她要扔下理玖，消失不见呢？

审判中被问到这个问题，爱美佳回答"是害怕（幸裕）对我家暴，所以跑掉了"。可就在同一天，她还和儿童咨询所的人见面，被问及家庭状况。如果离家出走的原因真的是家庭暴力，她至少也该和儿童咨询所的人谈谈这个问题吧。

律师问到这一点，爱美佳犹疑了一阵后反驳道："我不知道儿咨（儿童咨询所）是负责什么的呀！"但随后法官也向她抛去同样的问题，她的回答却变化不定。一会儿是："我跟儿咨商量过了，他们没有给我任何建议！"一会儿又变成："儿咨让我今后有问题再去找他们，然后就结束了。"

关于离家出走后的生活，爱美佳做了如下说明：

"离开公寓后，我待在漫咖（漫画咖啡店）或桑拿店。今天待在这儿，明天待在那儿，大概每天换一个地方。离开公寓时，我身上只有打工赚来的几万日元。省吃俭用地过了几个月，后来这笔钱也用完了，我就又去风俗店打工。"

这份证词也是前后矛盾的。爱美佳在风俗店和便利店打工挣到的钱应当不在少数，并且她如果真的只有几万日元，也无法在漫画咖啡店或桑拿店待上好几个月。离家出走后，她到底去了哪里？

　　律师和法官也察觉到蹊跷，于是继续往下盘问。可爱美佳又开始发火，要么是重复说"其实，我不记得了""这个嘛，我也不知道"，要么就是耍性子，一句话也不说。被逼急了就突然板起脸来，声称"那时候我还年轻，怎么可能知道这些""我想一般人都答不上来吧"。

　　爱美佳对所有问题都是一个态度，审判中到底也没搞清楚她离家出走的真正原因，以及她离家出走后究竟去了哪里。

监禁生活

爱美佳十月七日失踪后,幸裕和理玖就在厚木的公寓里过上了相依为命的生活。幸裕在运输公司的排班本就不规律,还要独自养活理玖,很明显是不可能的。依照常理,一般人多半会将理玖送去保育园[1]看管,或请老家的亲戚来帮忙带孩子。

然而,幸裕没有这样做。他放弃了送孩子去保育园的选项,理由是"我的排班太乱了,没办法很早把他送过去"。他本可以向公司说明情况,请求换班,脑子里却没有这个选项。

至于没有请家人帮忙这一点,幸裕觉得家人照顾生病的母亲就已经精疲力竭了,不能再把理玖送去添麻烦。他甚至没有通知爱美佳在箱根的家人妻子失踪的事,最终选择父子二人在这间公寓过活。

幸裕在遍地狼藉的房间中对理玖说:

"今后就只有我们俩了,我们就相依为命地活下去吧。"

---

1 保育园:日本厚生劳动省管辖的儿童福利设施。不同于文部科学省管辖的幼儿园,保育园主要接收监护人无法全力照顾的学龄前儿童,不以教育为主要目的,每日可代为看管八小时左右。

不用想也知道，这样的生活不可能顺利。幸裕明知如此，却不去面对现实，寻找解决办法，而是本着"总能对付过去"的想法，全盘接受现状。这是这个家迈向地狱的第一步。

幸裕像往常一样继续着司机的工作，上班时将理玖独自留在家中。他一天给理玖吃两顿饭，分别在他上班之前和回家之后。饭食全从便利店采购，他称其为"膳食套餐"（一个面包，一个饭团，一瓶五百毫升的塑料瓶装柠檬水）。理玖自己打不开食物包装，幸裕便拆开包装递给他。他一天给理玖换一次纸尿裤，洗澡则是几天一次。他每个月开车去老家附近的公园两三次，让理玖在公园里玩。

对此，幸裕坦然地认为自己"有在认真抚养孩子""正常地照料孩子起居"。一天喂食两次，一个月换两三次水——这样养金鱼，应该足够了。但养育一个孩子可不是这样。面对面地相处、对孩子笑、和孩子一起完成某件事……这些情感上的沟通也至关重要。而幸裕完全没有这方面的意识。

没过多久，这样的日子也无法维系了。爱美佳离开一周后，公寓的电就停了。接着，燃气和自来水也陆续因未交费而断供。满是垃圾又遮着挡雨板的房间陷入深深的黑暗之中，屋里过于昏暗，幸裕和理玖甚至看不清对方的脸。

幸裕并未交费，照样在光线暗淡的房间中生活。前面提到过，他每月的到手工资为二十三到二十五万日元，虽然有些欠款要还，但还是买得起车的。按照寻常人的想法，遇到这样的情况，肯定首先要恢复生活必需的燃气和水电。

他却将手电放在和室的婴儿床旁边，用绳子把一部平时不用的手机挂在天花板上当小灯泡来用。去公园接饮用水来喝，小便在两升的塑料桶里解决，大便则用塑料袋接好，在扔垃圾的日子里丢出去。他不洗澡，只是几天用湿毛巾擦一擦自己和理玖的身体。对于这些，幸裕也坦坦荡荡地表示："（理玖的）身上也擦得很干净""我都有给他擦身，所以并不脏"。

也是从这段时间开始，幸裕将理玖囚禁于和室之中。家里只剩下两个人后，起初幸裕出门时只会锁好家门，理玖可以在家中自由地行走。但一次幸裕上班不在家，理玖又自己打开门走到外面去了。幸好这次理玖待在公寓楼里，很快就被发现了，如果他和上次一样被带到儿童咨询所，幸裕又要被叫去问话。考虑到这些，幸裕决定今后出门前将理玖关在和室里。这就是他放下挡雨板，每次出门前都用胶带封住拉门，不让理玖出去的原因。

幸裕平静地讲述这些生活细节：

"屋子里是挺黑的。不过，眼睛适应了光线之后，也知道哪里放着什么东西。所以也没什么不方便的。和室里，婴儿床旁边就是铺开的被褥，理玖一般都坐在被褥上。他不怎么站起来走路。以前也不爱说话，也不哭。一直很安静，是个懂事的孩子。

"我回家的时候，理玖都很高兴的。他会喊着'爸爸、爸爸'，站起来凑近我,让我摸摸他的头。我如果不累的话,也会在房间里和理玖一起玩哪。

"日常该做的事我都做了。我会看看他的纸尿裤,如果有大便就给他换掉。孩子吃的是我买回来的面包、饭团什么的。我给他撕开包装,他就自己拿着吃了。他的营养是够的。"

而实际上,他们的房间封闭于黑暗之中,用过的纸尿裤和吃剩的饭散发着恶臭,地板上都是爬来爬去的虫子。

幸裕并不认为这样的日子不正常,他回到家便坐在昏暗的和室中,喝上三听烧酒软饮放松身心,喝到微醺后和理玖睡在一床被子里。而且,这样的生活竟然持续了两年有余。

听到父子二人过着如此异常的生活,审判时,旁听席上数次传来叹息声。法官也困惑地问幸裕:"日常生活中,你不觉得有哪里不方便吗?"幸裕的回答却仅仅是:"我就是正常过日子""看不清楚的话,打开手电就对付过去了"。对他来说,生活中的不便就只有这些而已,旁人认为他的做法等同于放弃了对理玖的养育,可或许他压根儿不曾有过这样的想法。

坦白说,旁听审判的人当中有不少人怀疑幸裕有智力障碍,因为一般人必然无法接受这样的生活。可幸裕至少考上了县立高中的普通班,学习能力不成问题;还心灵手巧,能改装摩托车和机动车。他的工作态度也很好,善于交际,敢向女孩子搭讪。这都能说明,他的情况和旁人想象的不同。

出庭做证的西泽教授也对此表示认同。教授结合心理鉴定结果，对幸裕的性格做出以下分析：

"我觉得他能够正常生活，并没有哪里明显不如常人。但家里的水电都停了，这样的环境在一般人看来，无疑是很不正常的。可被告（幸裕）平静地接受了这一切，照常生活。我认为最主要的原因，是他面对生活时，有一种'极强的被动应对模式'。

"做心理鉴定时，我问被告如何看待在那间公寓中的生活。被告的回答是'我觉得总能应付过去''我尽了自己的努力'。大部分人面对同样的情况，都不会产生这种想法，而会希望改善环境。但他接受了这一切，认为自己'总能应付过去'。这就是他特殊的'被动应对模式'。"

前面介绍过，西泽教授认为幸裕母亲患上精神分裂症一事，对幸裕的性格影响很大。幸裕小时候，每天都不得不去面对母亲无法用常理思考的言行。虽然是个女人，但当一个成年人手里拿着火或油，大声尖叫、暴跳如雷的时候，十二三岁的孩子到底还是束手无策的。所以，幸裕可以接受不合情理的事情在自己眼前发生，并认为一切"都能应付过去"。日积月累，他就养成了扭曲的性格。

对于幸裕性格的特殊性，教授还提到一点：他"缺乏育儿的基本认知"。

"说到育儿，大部分人都有一定的基本认知。比如让孩子在明亮的房间里长大，一日三餐都要让孩子吃好，等等。可被告似乎极度缺乏这方面的常识。

"被告不在乎餐食的内容，认为只要一天给孩子吃两次饭就可以了。带孩子出门，也认为一个月去一两次公园就行。在和孩子的沟通方面，他也认为只要问过孩子'要不要吃饭？''要不要大便？'，就算有过交流了。所以他本人就会认为'我好好养孩子了'。被告的这些认知，和普通人有很大差异。"

幸裕在审判中几次平静地表示："我很爱理玖""日子过得很顺利"。按照教授的解释，这些大概都是他的真实想法。由于他这种扭曲的性格特质无法在医学层面被定义为精神障碍，因此他也无法享受相应的社会福利，无法得到生活上的援助。

爱美佳离家出走两个多月后，正是年末严寒的时候，幸裕的工作也迎来一段繁忙的时间，他很快便不再带理玖去公园玩。长时间困在漆黑房间中的理玖，肌肉逐渐退化，甚至无法自如地走动。忘了从什么时候开始，即使看到幸裕回来，理玖也只能坐在被褥上表达他的喜悦。

幸裕到家后，有时会将色情杂志撕成小碎片抛向空中，在房间里制造出下雪一般的景象。对理玖来说，这算是那段时间唯一的娱乐了。户外的光从挡雨板的缝隙中漏进屋里，那些漫天飞舞的纸片也许在某个瞬间折射出了熠熠辉光。每当幸裕这样做，理玖都"呀呀"地喊着，非常开心。

这个小把戏不知给理玖带来了多少欢乐，幸裕不在家时，理玖似乎也曾自己将纸片拢起来，将它们抛向空中。案发后，警方从屋里大量的垃圾中寻找证据时，在塑料瓶里发现了很多小纸片，都是用来扔着玩的。

孩子为何未能获救

这间公寓渐渐滑入地狱深渊的时候，儿童咨询所又在做什么呢？

前面提到，二〇〇四年十月七日早上，厚木儿童咨询所接到警方联络，临时监护了"迷路"的理玖。不过，当时接待爱美佳的员工没有发现问题，解除了临时监护，将事由记录为"迷路"，之后交接给区域负责人。五天后，儿童咨询所召开举措会议（确定今后如何帮助问题家庭的会议）时，也决定要去斋藤家查看孩子的情况，最终却没有按决议执行。

当时儿童咨询所的危机管理机制不完备，导致了上述情况的发生。

近十年来，越来越多的虐待案浮出水面，社会各界认识到了预防虐待发生的重要性，儿童咨询所的工作环境才有了大规模的改善——员工扩招，引入专家，还加强了和其他机构的联动。换言之，这些方面在当年全都不够完备。

在危机管理方面，理玖被收容时可以看出受到忽视的表征，这还留在了观察记录中，按照现在的判断标准，该案例毫无疑问会被归为虐待。但在二〇〇四年，只需参照负责人的意见处理问题，员工仅采纳母亲的陈述，将该案例归为迷路。

长期人手不足也对此事产生了影响。一位儿童福利士要负责区域内的一百五十户家庭，每天都要处理新的案例。这些家庭有不少已经呈现严重的暴力倾向，被归为"虐待"一类，必须重点关注。而理玖"迷路"的案例自然不会得到优先处理，儿童咨询所最终甚至没有进行家访。

当时儿童咨询所和其他机构的关系也没有打通。理玖在三岁半的体检之后，就没再做过定期体检，也没有上小学。但这些信息都没有和儿童咨询所同步。

当年的厚木儿童咨询所区域负责人、儿童福利士鹿山直人（化名）对上述情况表示认同：

"那起案例最终导致了严重的后果。但要问我们当时是不是出现了工作失误，我很难给出结论。我认为，那时的儿童咨询所存在一些结构体制上的问题，作为员工是无能为力的。"

也就是说，儿童咨询所管理机制的不完备，使理玖成了安全保障这张大网的漏网之鱼。

不过，其他人就没办法帮助理玖吗？比如，母亲爱美佳如果真心为理玖着想，一定可以带走理玖，将他养大。

事实上，爱美佳离家几个月后曾经回过厚木的公寓，发现家中的水电燃气都已不再供应。爱美佳声称回家次数"只有一次"，幸裕却说"有四五次"。两人都认可的那一次，是爱美佳离开四个月后的一个冬日。

爱美佳在很多家漫画咖啡厅和桑拿店中辗转度日，慢慢开始"担心理玖"，于是在那一天回了公寓。幸裕虽然对她不满，但还是允许她进门与理玖见面。爱美佳很想念许久不见的理玖，她又是紧抱着不撒手，又是和理玖说话的，尽情地疼爱了理玖一番。

那天晚上爱美佳是在公寓度过的，一定知道当时电和水都停了，也知道家里的垃圾已经堆积如山，卫生条件很糟糕。她如果真心爱护理玖，无论如何也会把他从公寓带走。可见到了理玖的面，爱美佳仿佛就满足了，第二天扔下理玖急匆匆地走了，只留下一句"把垃圾收拾干净"。

法官询问她为何没有将理玖救出来，爱美佳反驳道：

"我一直很挂念他（理玖）！但那时我没有钱，也没有地方住，绝对没法把他带走抚养！我当时想过，等以后有钱了再来接他，好好把他养大。这些我在电话里、短信里都（对幸裕）说过的呀！"

她说打算等生活情况稳定下来，再去接理玖。实际上，她做的事却正好相反。爱美佳在东京也从事风俗行业，她像是挣脱了一切束缚，花钱大手大脚，还强迫幸裕承担了她的一部分开销。

其中包括手机话费。爱美佳离家出走后依然用同一部手机，将话费账单发给幸裕。由于手机是以家庭名义签约的，如果幸裕不支付爱美佳的话费，他自己的手机也会被解约。所以幸裕老老实实地付了全款。光是爱美佳的话费每个月就要在五万日元以上，占幸裕月收入的五分之一到四分之一。

除此之外，还有小费。爱美佳离开几个月后，以"为了生活和接走理玖"为由又开始在风俗店上班。可她并未为今后储蓄，而是和朋友一起去牛郎店狂欢，从半夜玩到天亮。付不出钱的时候，就将健康保险证押在店里逃掉。

一天，幸裕上班时被上司叫去，告诉他牛郎店寄来了许多账单。原来是爱美佳在店里吃喝了将近三十万日元，然后留下了保险证。在网上搜索爱美佳的真名，可以看到多位牛郎在信息共享的网站上将她写在黑名单上，她已经成了欠债不还的惯犯。爱美佳一定不认为自己有错。

幸裕还曾接到几次医药费的未付账单。账单是东京都内的眼科医院寄来的，幸裕询问具体情况，对方说爱美佳在医院接受了治疗，却没有付账就联系不上了，医院只能凭借保险证上的记录联系幸裕。二〇一四年案发之后，爱美佳还以幸裕的名义在东京都内租了一间公寓，拖欠房租二百五十万日元，连夜逃走了。

令人震惊的是，牛郎店的消费和眼科治疗费，幸裕都支付了全款。发生了这样的事，他完全可以找律师商量，却还是老实付账。"极强的被动应对模式"在这些事情上也有体现。

就这样，家里的经济情况越发捉襟见肘。我们来列一下幸裕每个月的花销：

餐饮　十万日元

话费（两人份）　七万～八万日元

车贷　两万五千日元

金融机构借贷　两万日元

房租　六万日元

光是这些开销就要约二十八万日元，超过了他每个月的收入。除此以外，还有医药费，车和摩托的保险、加油费，以及买衣服的花销。加上这些零碎的费用，就算有奖金，幸裕的生活也会相当窘迫。罗列大致的开销，便可以看出爱美佳的账单给父子俩的生活造成了多大的负担。

无论幸裕如何辛苦赚钱，生活状况也得不到改善，回到家又必须面对理玖。残酷的现实令他精疲力竭。二〇〇五年春天，他遇到了一名小自己八岁的女性，继而如同逃避现实一般，与这名女子坠入爱河。

爱欲与死亡

幸裕是在本厚木车站前的夜总会遇见这名女子的。女子名叫中谷春奈（化名），高中毕业后就读于美容专科学校，在夜总会打工是为了攒钱去巴黎研修。那天幸裕漫无目的地走进店里，正好由她接待。两人兴趣相投，很快交换了联系方式。

后来，幸裕和春奈去居酒屋喝酒，从那以后开始交往。幸裕谎称自己单身，也没有告诉春奈自己有孩子。春奈没有怀疑，她唤幸裕为"阿幸"，两人的关系日益亲密。

幸裕和春奈一周见一次面，每次都去情侣酒店。晚上七点左右，幸裕骑着摩托车，春奈骑着自行车来到事先约好的地方，然后在厚木市内的情侣酒店待到第二天中午。住店和餐饮费用一次一万五千到两万日元，全由幸裕支付。

春奈在法庭上如是说：

"我和他大多数时候都是去便利店买些酒，然后再去酒店。偶尔去酒店之前会到居酒屋喝酒。再就是去小钢珠店或游戏厅拍拍大头贴，或者玩推钱机，仅此而已。

"幸裕特别温柔。听说我喜欢去迪士尼，带我去过好几次。在一起的时候，他一次也没和我动过手，我们就连大的争吵都没有过。他也没大骂过我。他不怎么直接表露自己的意见，是个安静的、认真的人。"

这和爱美佳对幸裕的描述天差地别。也许幸裕面对情绪激动的人就会感情用事，甚至动手；如果对方沉得住气，他也会温柔地与之相处。

对这段时间的幸裕来说，春奈或许就像射进晦暗现实中的一道亮光。或许只有在情侣酒店醉醺醺地做爱，才能让他忘却家中的实际情况。然而，他越是逃避现实，和春奈走得越近，理玖一个人留在昏暗的公寓里的时间就越长。如果两人约会当天幸裕上早班，那么他清晨四点就要出门，至少有一天半的时间都不在家。

幸裕在法庭上说，自己住酒店的日子，会给理玖多留一些"膳食套餐"，但一个连塑料瓶盖都拧不开的孩子，又怎么可能在漆黑的屋子里将食物分成一小块一小块地进食呢？他的纸尿裤兜满了屎尿，一旦把水弄洒，被褥上就湿乎乎的。无论屋里是冷是热，他都只能忍着。

爱美佳已经离家出走了一年，可不仅儿童咨询所不知道这一情况，就连夫妻俩的亲人都没有察觉。幸裕的父亲就住在离公寓三四十分钟车程的地方，但不久前因为一点小事和儿子发生口角，关系恶化后两人断绝了一切往来。幸裕的弟弟妹妹光是照顾生病的母亲就已精疲力竭。因此，没有任何人知道爱美佳的出走，也没有人知道理玖每天都被扔在家里无人看管，大家都以为他们一家三口还过着和和美美的日子。

这段时间，爱美佳照旧隐匿着自己的行踪。她两三个月给幸裕发一次短信，像是突然想起来似的问一句："好久不见，理玖怎么样？"而此时幸裕已经有了新的女友，他把爱美佳晾在一旁，只是冷淡地回一句：

"没什么事。"

"挺好的。"

爱美佳便由着自己的性子，将幸裕的回复理解为"理玖现在很健康"，看也不去看孩子一眼，继续和牛郎打情骂俏。

二〇〇六年四月，春奈从专科学校毕业前后，理玖的生存环境每况愈下。春奈开始在理发店工作后，与幸裕见面的频率提高到了每周两三次。工作的日子大概晚上八点，两人下班后就进了情侣酒店，待到深夜两三点才离店回家；如果第二天休息，便在酒店住到中午退房。

两人之所以见面如此频繁，与春奈开始考虑和幸裕的未来也有关系。她眼中的幸裕温柔又有担当，对工作也充满热情。

春奈是这样描述幸裕的：

"他对待工作非常认真，即使赶上下雨天或者身体不舒服，也一定会准时出勤。他的工作好像很忙，但他不太说这些。他还带我去过一次他们公司门口。"

幸裕公司的领导、厚木营业所的所长对他也有类似的印象：

"如果让我用一句话形容斋藤，那就是'认真的员工'。他几乎没有迟到、早退、缺勤的记录。和客户的关系也不错，业务评级一直是A。我们的业务评级由领导打分，一共四个等级，拿到A的员工大概占员工总数的百分之二十。

"他还在考资格证，拿到了运营管理、维修管理等资格，从司机升职为主任。只不过，他在公司里好像没有朋友。似乎没见过他和哪位同事来往紧密，或对谁倾诉过烦恼。他多数时候都在默默地干活。"

到了这一年秋天，幸裕回公寓的时间减少到两三天一次，甚至一周一次。对他来说，和春奈在外面度过的幸福时光才是有血有肉的现实生活。

二〇〇六年十月到十一月，理玖吃饭团和面包的量减少了，他的身体虚弱，大概已经瘦得皮包骨头。幸裕说，"（我在黑暗中）打灯看过他，和平时没什么区别""他并没有特别消瘦"，但检查理玖尸体的医生否认了这一点。

"我们给尸体拍了片子，理玖全身都已发黑，骨密度不到同年龄孩子的一半。这应该是长期营养不足导致的骨骼衰弱引起的。孩子生前的身体机能恐怕已经大幅减退，到了无法自由活动的地步。"

其他医生也在尸检过程中发现，理玖的尸体有"羸瘦"和"挛缩"的迹象，判断其去世时很可能处于饥饿状态。"羸瘦"指身体过度消瘦，只剩下皮包骨头。"挛缩"指营养不良导致手脚、指关节等身体部位僵硬、弯曲。医生推断理玖的死亡时间大概在第二年（二〇〇七年）一月，如果是这样的话，在二〇〇六年的秋冬，理玖的这些症状应该已经很明显了。

即使如此，假如幸裕那时及时带理玖去医院，也能避免最糟糕的情况发生。也许在昏暗的房间里幸裕看不清楚理玖的状况，也许他害怕被人怀疑虐待儿童，也许他不愿意正视现实，总之，他在和春奈的恋情中越陷越深。

幸裕（二〇〇六年）十二月五日和春奈的约会能很好地证明这一点。此时距离理玖的死还有一个多月。那天春奈休假，幸裕大约早上六点从本厚木站出发去迪士尼，两人一直玩到晚上九点乐园闭园。那时的大头贴拍下了幸裕和春奈亲昵地站在一起的模样，春奈还在上面记下一行字："要永远在一起哟。"这是幸裕在运输公司工作后享受的第一个带薪假期。

这场约会结束一个多月后，理玖去世了。幸裕不记得具体日期，所以无从确认。警方在房间中将近两吨重的垃圾里翻找食物的保质期，推测理玖的死亡时间大概在二〇〇七年的一月中旬。下面，笔者按照幸裕的供述，再现他发现理玖死亡时的情景。

那一天，幸裕下班后，在回家路上到便利店买好"膳食套餐",到家打开家门。家里的光线还是一如往常的昏暗,厨余垃圾、纸尿裤散发着扑鼻的恶臭,屋里的温度应该也很低。他在逼人的寒意中揭开粘在门上的胶带,像往常一样打开和室的门。

理玖"穿着一件T恤"躺在被褥上。平时见到幸裕回来,他都会高兴地转过头,唯独那一天却一动不动。屋里太安静了,幸裕便主动叫了叫理玖,碰了碰他"肩膀那边"。理玖还是纹丝不动。

幸裕终于觉出异样,用屋里的"手电照了一下",只见理玖"睁着眼睛"。幸裕又把手伸过去探了探,发现理玖没有呼吸。他的大脑中突然闪过一个讯息:"理玖死了。"与此同时他陷入了"恐慌"。幸裕完全不记得那之后自己做了什么,只知道自己在昏黑的房间中独自停留了好几个小时。

回过神来,幸裕首先想到的是"如果被人知道孩子死了,我就会被抓起来"。这意味着自己和春奈好不容易才建立起来的关系就要四分五裂。他只好把尸体扔在家中逃跑。但他又觉得"屋里很冷,(理玖)太可怜了",便将手边的毛毯盖在孩子身上,匆忙离开了房间。

自那以后,幸裕便不再回公寓,一直外宿。他平时睡在车里或者和春奈开房的情侣酒店里,只在发现理玖死亡的一周后回过一次公寓。那天,他怎么也无法抚平对理玖的内疚,忽然觉得,哪怕"吊唁"一下也是好的。

一般的父母得知孩子的死讯后,都会想让孩子入土为安。可是幸裕不同。他只是在家附近的便利店买来可乐饼和瓶装果汁，打开房门，将食物放在进门的位置，双手合十拜了拜。做完这些，他就又一次逃也似的离开了。

那天之后长达七年多的时间里，幸裕再也没回过公寓。理玖的尸体没被任何人发现，在昏暗的房间里逐渐白骨化。

幸裕后来怎么样了呢？

二〇〇七年六月下旬，理玖死亡五个月后，幸裕租了另一间公寓，开始和春奈同居。总是睡在车里的确不是长久之计，即便如此，以自己的名义租两间公寓也容易引人怀疑。于是两人以春奈的名义办了手续，定金、礼金、房租都由幸裕来付。就这样，两人住到了一起。新租的公寓距离案发现场的黄色公寓大概三十分钟车程。

幸裕说，将理玖的尸体弃于不顾，每个月继续支付那间公寓六万日元的房租，是因为"没有勇气将尸体扔掉"。他这样讲述自己案发后的心情：

"我一直害怕（有一天尸体会被发现）。对于理玖，我也感到'愧疚''抱歉'。我也知道自己这样做是不对的。理玖的事，我一刻也不曾忘怀。工作的时候，我也一直下意识地挂念着他。"

理玖的身影在幸裕脑海中挥之不去，令他苦不堪言。

不久，幸裕在小小的公寓中养了九只雪貂。不喜欢动物的他却养了这么多只宠物,不知是渴望小动物抚平他内心的创伤,还是想让这些小生命代替理玖,在自己的养育下好好长大。

春奈这样描述与自己同居时的幸裕:

"刚刚开始同居时,他的心好像还没有向我敞开,绝不和我说任何与自己有关的事。好像独自守着什么秘密似的……我没听他提过父母家的事。

"夜里睡觉的时候,他经常做噩梦。有时候我一睁眼,听见他'呜——'地发出奇怪的声音。醒来后问他,他说'做了很可怕的梦'。"

幸裕也承认,理玖死后,他经常梦到"自己被杀"。他大概也每天被罪恶感环绕,想过"快来抓我吧""被捕了反而轻松"。独自怀抱罪恶而活的日子,令他疲惫至极。

但厚木儿童咨询所的反应实在是太慢了。理玖未能参加小学入学前的"就学体检",但这一信息并未同步到儿童咨询所。直到发现理玖没上小学,咨询所才进行了家访,却发现公寓很荒凉,工作人员仅仅标注了一句"家中似乎无人居住"。随后又进行过几次家访,结果都是"家中无人"。儿童咨询所会定期摸排高风险家庭的情况,但名单中漏掉了理玖一家。于是,真相就这样在黑暗中沉寂了许多年。

直到教育委员会发现理玖十二岁还未上初中,引起重视后,整个案件才浮出水面。二〇一三年十二月到二〇一四年一月间,负责人找到了幸裕，询问他理玖住在哪里，幸裕谎称"孩子和母亲（爱美佳）一起在东京的某处"。

听了幸裕的回答后，教育委员会开始调查爱美佳和其老家。结果从爱美佳的亲戚那里得知，"两三岁后就再也没见过这个孩子了，也不知道他在哪儿"。教育委员会终于觉出此事不寻常，报警后，大家才发现理玖早已下落不明。警方的介入使案件有了查清的可能。

二〇一四年五月三十日，真相终于暴露于阳光之下。那天幸裕运完货回到公司，侦查员正在办公室等他。侦查员询问幸裕理玖在哪里，他虽然回答"不知道"，但还是被要求去警署一趟。

幸裕在警署被约谈，或许他也渴望着被抓后的释然，很快便交代了真相。警方当天进入公寓，在和室发现了理玖已经化为一具骨架的尸体。

死者身高不到一米，警方没有得出准确的数字，是由于尸体化为白骨，无法精准测量。如果这个数字大抵准确，就相当于死亡时大约五岁零八个月的理玖还没有达到四岁儿童的平均身高，这也许与他被长期监禁有关。

判决之后

二〇一五年十月二十八日清早,我开车前往横滨看守分所,打算再和幸裕谈一谈。

六天前,横滨地方法院结束了一个多月的审判,对幸裕下达了有期徒刑十九年的判决。与同类案件相比,幸裕的刑期相对要长一些。法官陈述的判决理由如下:

"无辜的长子身体已经相当虚弱,唯一能够依赖的父亲却不给他足够的食物,连像样的救助措施也不曾给予。父亲将长子弃于令人不适的垃圾堆中,令其在异常的环境中至少承受了长达一个多月的折磨,在极度的饥饿和重度的挛缩状态下逐渐走向死亡。案件经过令人听了忍不住落泪,其残忍程度难以想象。"

宣读判决书时,甚至有一位审判员听得哽咽。可幸裕只是沉默地听着,连脸色都未变过。

我在横滨看守分所办完会面手续,独自坐在长椅上等待。大约十五分钟后被叫到名字,拿着本子和笔来到会面室,幸裕已经坐在树脂隔板对面了。他穿着和上次一样的那件灰色T恤。

我刚坐下来，他就拜托我给他带些东西。列了很多甜食：巧克力派、花林糖、咖啡糖……他像个孩子似的，边说边扳着手指。看样子早有准备。

我将他要的东西一一记下来，然后问他有没有其他人来看过他。"没有，一个人也没有。"

——你的家人也没来过？

"就连我爸和我妹，都一次也没来过呢。"

我曾在法院和（幸裕父亲的）家中与幸裕的父亲见过面，那是一个对谁讲话都很有威慑力的人。他在法庭上也未掩盖对幸裕的愤怒，恐怕在案发当时就跟儿子断绝了关系。

时间紧迫，我开门见山地询问幸裕对于十九年有期徒刑的看法。他瘪了瘪嘴答道：

"挺受打击的。这也太长了吧？虽然判我杀了人，但我不明白，我那怎么能叫杀人呢？医生都没真正见过理玖的尸体呀，看看照片就说我杀了人，他们怎么知道人就是我杀的？"

——那你认为，理玖为什么会死呢？

"我还想知道他为什么会死呢。我很疼他，已经尽我所能了。谁都没有我照顾理玖照顾得多！"

从被捕到接受判决的这段时间里，在和律师、检察官的交流中，幸裕肯定已经听他们说过无数次，自己的行为客观看来无疑是忽视。即使如此，法院下达判决后，幸裕依然深信自己当年对理玖的照料没有问题。

我试着问他是否认为自己无罪，他歪着头思索道：

"毕竟孩子死在屋里了，我没觉得自己是清白的，而且我把尸体扔在屋里不管——但我觉得，顶多也就判七八年吧。"

令孩子孤苦无依地死去，他为什么认为判七八年就够了呢？

"小孩子死掉，不是常有的事吗？不对吗？也许我是做错了事，但我不是故意要杀他的。但即便如此，还判我十九年，这也太长了吧。所以我会上诉的。我要让法院再审一次。"

青春期时母亲的病，令幸裕的人格中明显存在"幼稚""被动应对模式""习惯性遗忘"等倾向，但即使考虑到这些因素，他将理玖放在漆黑的垃圾堆中使其饿死，仍然要承担很大责任。可他仍未面对这一事实。

——你认为审判的一切都不正常，其中最让你无法原谅的是什么？

"那家伙。"

他沉着脸继续道。

"这不是明摆着的嘛，那家伙是最有问题的。"

愤怒之下，他的嘴唇开始颤抖。他口中的"那家伙"是指爱美佳。

"审判的时候，你听到那家伙的发言了吗？基本上都是假话，全都是。那家伙嫌养育理玖麻烦，就全都推给我，打算把罪名全推到我头上,自己逃得远远的。这也太荒唐了吧!"

他的嘴角又积起唾沫。

"法官他们,怎么都不觉得这件事很扯呢?那家伙逍遥法外,自由地活着,只有我要在监狱里待那么久。这样的审判绝对有问题呀!"

我想起爱美佳作为第八次公审的证人出庭时的事。那是二〇一五年十月一日,她在证人席上做证时,以保护个人隐私为由站在一扇屏风后面,不让旁听者看到她的长相。而她的许多证词都听得人们哑口无言。

一开始,她像每一个失去长子的母亲一样声泪俱下地控诉,说自己是家暴受害者,不过是不堪忍受丈夫的暴力,才逃出了这个家。可一旦法官指出她的话中不合逻辑的部分,她就像变了个人似的厉声反驳,或者闹情绪不说话。她的表现令旁听的人都数次感到困惑,站在她身旁的幸裕会为她的反应而愤怒,从某种意义上来说也很自然。

"石井先生,你既然要写这起案件,就也写一写那家伙吧。光凭法院的审判,大家根本看不清事情的真相。"

我不知该作何反应。

"你真应该好好写一写。让那家伙也受到惩罚。"

到了这个阶段,再想让爱美佳站上法庭、问罪于她只怕很难了。因为她不是直接的加害人。然而,对案件的了解越深,我心中的疑问也就越发明显：让幸裕一个人扛下所有罪名，自己若无其事地活下去——爱美佳是怎样做到这一切的？

育儿是父母双方的责任，不该让任何一方扛起全部。更何况，这起案件的导火索之一，是爱美佳的离家出走。若要追究引发忽视的原因，爱美佳的行为多半脱不了干系。

审判已经结束了。但即使不提幸裕的怨怼，我心里也仍然系着一个疙瘩。为了解开自己的疑惑，我也想继续追踪，解开缠绕在爱美佳身上的疑云。

不该生育的夫妇

从新宿乘急行列车出发，不到一小时就能抵达小田急线的本厚木站。厚木市几乎位于神奈川县的中央。神奈川县的繁华都市——川崎、横滨等大多位于沿海，而厚木可以说是闪耀在内陆的一颗明星。美国海军和海上自卫队共同使用的航空基地离这座城市不远，因此厚木的街上也随处可见外国人的身影。

本厚木站前面是鳞次栉比的大型商业建筑，即使是工作日的白天也很热闹。提着购物袋的老年人站在车站前面的交通环岛上，人群中还有不少学生模样、结伴出行的男女——这一带的大学等教育设施很多。面向年轻人的西装店和大型书店也随处可见。

沿着商业街区稍微走一会儿，街道的风情倏然发生变化：俗不可耐的店铺招牌映入眼帘，冷冰冰的商住大楼里几乎每一层都有粉红沙龙、按摩保健店等类型多样的风俗店入驻，在店门口站着揽客的男人们穿着一水的黑衣服，一只手里拿着手机，意味深长地注视着来往的行人。牛郎店的招牌白天也闪烁不止，店家白天和晚上倒班营业。

只有车站附近给人这种喧嚣的感觉。坐上出租车往郊外的方向开上十分钟，就是一派朴素的山野风光。偶尔能看到某个企业名下的大型工厂，周围则是新盖的住宅区。

出租车司机告诉我，本厚木并不能算东京的"睡城"，相比其他城市，这里还是居住着许多在神奈川县内的公司上班的人和工厂工人的。

二〇一五年十一月的这一天，我的目的地是一名居于郊外的女子的住处。女子名叫奈良麻衣（化名），二〇〇二年到二〇〇三年，她曾在按摩保健店 M 工作，和爱美佳是同事。她还在 SM 俱乐部（性虐俱乐部）等地方工作过，如今三十多岁，是一名家庭主妇。

出租车停在一栋崭新的独立住宅前。那是一个温暖的午后，麻衣穿着拖鞋出来迎我进门。她穿一件白色针织衫，下身是一条牛仔裤，几乎没有化妆，整个人显得恬淡而安然。

窗外的阳光把客厅照得很亮堂，厅里放着一张婴儿床，一个刚出生几个月、还未断奶的孩子在里面熟睡。

"孩子刚刚睡着。他要是在我们说话的时候醒了，还要拜托您多担待。"

屋里隐约飘着一股奶香。

麻衣让我在桌前的椅子上坐下，到正对着桌子的厨房里为我倒冷泡茶。厨房里有一排可爱的马克杯，她一面倒茶，一面打开了话匣子。

"我认识爱美佳的时候,理玖才刚出生。我是在以前的熟人介绍下认识的斋藤和爱美佳。当时我刚生下第一个宝宝,爱美佳刚搬进公寓,没有朋友。我们当时大概就像妈妈朋友[1]一样,经常一起去买东西。"

爱美佳上高中时就离家出走然后怀孕,所以没有驾照。因此,去远一些的地方玩时,她就拜托麻衣开车带自己去。

"爱美佳当时好像二十岁吧。乍看上去,像一个不良少女。身高大概一米六,体形偏瘦。她的牛仔裤上总是有龙或狗的刺绣图案,经常穿一双凯蒂猫的保健拖鞋。好像还有一只普拉达的尼龙双肩包,是她常背的。"

既然在风俗店工作,爱美佳是不是那种会讨男人喜欢的女人呢?

"嗯——我不这么觉得。相对来说,她可能属于不太讨喜的那一型。她的过敏性皮炎很严重,额头很宽。她好像不喜欢自己的单眼皮,平时会贴双眼皮贴,但皮肤好像对双眼皮贴过敏,搞得眼睛肿得很难受。听上去很奇怪吧?她就是这么一个孩子,有点笨笨的。"

麻衣端来倒好茶的杯子,放在桌上。婴儿床上的小宝宝安静

---

[1] 妈妈朋友:指年幼孩子的母亲们形成的朋友关系。

地睡着。

我问她幸裕和爱美佳之间的关系如何,她双腿交叠,神色平淡地讲道:

"他们当时关系很好。爱美佳应该是真心爱着斋藤,也很疼理玖,经常紧抱着那孩子不撒手。他们两个年轻人好像是相互喜欢才交往的,然后就结婚了。他们也有一些让人忍不住发笑的瞬间。"

——不过,爱美佳最后还是选择在风俗店工作,不再做家务,整个家慢慢走向了分裂。

"他们会变成那样,是爱美佳在风俗店上班之后的事。在那之前,两人之间也有过争执。物以类聚,人以群分,他们俩都很邋遢。但每次吵完,也就和好如初了。所以……所以,我会内疚,怀疑是自己破坏了那个家庭。是我把理玖变成那样的……"

这是怎么回事?

"其实,最开始提议去风俗店工作的人是我……所以知道那起案子之后,我一直很后悔。"

就这样,麻衣讲起了自己和爱美佳的往事。

同为刚诞下小婴儿的新手妈妈,麻衣和爱美佳相互帮衬,渐渐成了好朋友。尽管麻衣比爱美佳大三岁,但两人相处起来很轻松,几乎无话不说。

她们经常一起去市区的餐厅或购物中心。爱美佳说过,自己喜欢在商场里闲逛一整天，并非有什么东西要买，只是喜欢浏览柜台上的商品。

出门的时候，爱美佳总是抱着理玖，要么就把他放在婴儿车里推着。但在麻衣看来，爱美佳带孩子的过程似乎并不顺利。她嘴上说着疼爱理玖，却每每优先自己的事，忽视孩子的感受。

比如，在餐厅吃饭时，麻衣会下意识地喂自己的孩子吃饭，教孩子使用餐具。而爱美佳聊到兴头上就可能把理玖放在一旁，十分钟、二十分钟都不理不睬。理玖在脏兮兮的地板上四处乱爬，她也看都不看一眼。

对爱美佳来说，这些也许都是小事，但伴随着理玖的成长，或许正是这些小事的累积，使他的发育显得越发迟缓。审判中也曾提到，理玖说话很晚，像狗一样把头扎进碗盘里吃饭，也曾因为不知如何拿杯子而把杯子掉在地上。

而爱美佳只知道训斥理玖，并没有手把手地教过他如何吃饭。每当看到爱美佳和理玖相处的样子，麻衣就感到不安："这样子能行吗？"

二〇〇二年年末，两人闲聊的时候，麻衣偶然说到自己想去风俗店打工。

"最近我没什么事，在想要不要去风俗店工作。"

说这话时，她没有什么特别的想法，话题也很快转到了其他地方。

然而，爱美佳不久前就对家务失去了兴趣，也经常和幸裕吵架，或许她自此把麻衣的这句话记在了心里。几周后，爱美佳突然对麻衣说：

"你之前不是说想去风俗店工作吗？后来我查了查，听说本厚木车站前要开一家名叫 M 的按摩保健店，他们正在招募新员工呢。"

消息好像是爱美佳在高薪兼职的招聘网站上发现的。她说自己已经去店里面试过了。

"我去店里和店长聊了聊，在他们家打工的话也不需要研修（店长现场培训员工如何从事性服务），挺轻松，也挺放心的。我们一起去吧。"

"孩子怎么办？"

"说是店里会给介绍托儿所，把孩子交给托儿所不就得了？"

爱美佳的架势，像是恨不得立刻就要去工作。恐怕劝她也不会听。

麻衣问她为什么不找其他工作，偏要去风俗店。爱美佳是这样回答的：

"我有账要还，是阿幸（幸裕）欠的。所以想去风俗店上班，早点把账还完。我们一起去嘛。"

麻衣相信了爱美佳的说辞，再加上打工的事也确实是自己提起来的，便也决定去 M 工作。

M 店在一栋商住大楼里，离本厚木站只有几分钟路程。店里有七个单间，每个单间里都有一张床。小姐带男宾去浴室洗澡后回到单间，用嘴或手爱抚，或是跨坐于男宾身上，以性器摩擦的方式使男宾射精。插入式性行为是被明令禁止的。店里只有四名女员工。

由于孩子还小，麻衣通常干到下午两三点钟就收工。爱美佳却一直将理玖放在托儿所 N，每天都干到深夜零点，店家关门。对店家来说，爱美佳一定是难得的好员工。她也尝到了被需要的感觉，整个人显得很活泼，享受着工作的快乐。

一天，麻衣问爱美佳对这份工作的看法，爱美佳答道：

"除了阿幸，我没和其他男人做过。在这里可以认识各种各样的男人，所以我很开心！"

风俗店的工作也许让爱美佳尝到了被许多男性追求的甜头。

没过多久，爱美佳便常常和麻衣倾诉自己遭受幸裕暴力的事。她说自己在家经常被幸裕拳打脚踢，还给麻衣看过她身上触目惊心的瘀伤。这与幸裕得知她在风俗店打工的时间重合。

麻衣只听了爱美佳单方面的倾诉，所以站在她这边，还曾让爱美佳躲在自己家，劝过夫妻二人和好。两人表面上和好了，回到公寓又吵起来，反复上演同样的戏码。最后麻衣也烦了，于是劝二人离婚，还陪爱美佳去市役所领取过离婚申请书。但离婚的事也在不知不觉间不了了之了。

麻衣和爱美佳的关系断绝得很突然。二〇〇三年的春天，麻衣突然联系不上爱美佳了。她曾听爱美佳倾诉了那么多，还在幸裕面前护着她，可爱美佳一个理由都没讲，就不接自己的电话了。麻衣不清楚到底发生了什么，但也无意堵到躲着自己的人家门口问个究竟，两人就这样断了联系。

讲到这里，麻衣喝了一口茶。

"我们不再来往的很大一部分原因，是我觉得爱美佳已经无药可救了。那时候，我几乎已经很难继续跟她相处……除了去风俗店工作，她不是还会去便利店打工嘛，当时她和我说：'每天早上去打工的时候，理玖都哭着说不想让我走。'这很明显就是爱美佳太任性了呀。于是我也很生气，告诉她：'你这样不行，理玖太可怜了。把工作辞掉吧！'可爱美佳根本不听我的，依然对理玖不管不顾。我就觉得和她说什么都没用，也不想再管她了。"

我望望窗外，隔壁邻居的园子里开着橙色的桂花。麻衣双手紧攥着马克杯，边说边叹气：

"我觉得，爱美佳和斋藤是一对不该生育的夫妇。他们俩不成熟到让人吃惊，看着他们带孩子，我总会忍不住对一些简单的育儿事项产生怀疑：'他们真能给孩子做饭、喂孩子吃饭吗？''他们有给孩子换纸尿裤吗？'斋藤经常是放空的状态，对什么事都不上心；爱美佳最开始还有努力的意愿，后来就不行了。一般来说，即使两人养不好孩子，作为父母，对孩子也该有最低限度的责任心，会想办法找老家的人帮忙带孩子，或者跟相关机构商量。但那两个人居然就这样放弃了孩子，像弃养甲虫一样随意。"

认识幸裕和爱美佳的人，都说他们"不成熟""幼稚"。这起案件，难道就像小学生养昆虫一样吗？养到一半没了兴趣，就不再照料它，将它放在一边。

"他们俩乍看上去和普通人没有大的分别，也不像是恶人。爱美佳看起来知书达理，斋藤不也有正经的工作吗？但他们的思维方式、对常识的认知、表露爱意的方式，全都和常人有些许不同。这一点点的不同累积起来，就太多了。所以他们乍看上去是一对普通的夫妻，却干出了骇人听闻的事。这次的案件，大概就是这样发生的吧。"

房间一角，睡在婴儿床上的小宝宝好像有了动静，开始小声抽泣。麻衣拿起放在厨房的奶瓶，走过去抱起小孩。"好乖，好乖，你醒啦——"她一面哄着，一面将奶瓶放到孩子嘴边。小婴儿懂事地不再哭泣，喝起奶来。房间里飘起奶香。

麻衣抱着孩子说：

"爱美佳和斋藤就是那样的人，所以在我看来，他们犯下这样的案子也不是很奇怪。正常情况下，这类父母身边总会有人发现问题的严重性，及时阻止。可这次的案子，恰好没有人阻止他们。"

托儿所 N 也没有发现问题吗？

"N是个很糟糕的地方。我以前去看过,那儿的环境相当恶劣,他们只在公寓里租了一间屋子。这样的托儿所,成立时多半没经过有关部门的许可。三十来个小孩躺在地上无人看管,挤得满满当当的——全是风俗店小姐的小孩。我看了一眼就知道这样的地方绝对不行,赶紧走了。把孩子放在那家托儿所的父母大概脑子缺根弦,同样,我也不明白为什么会有人愿意在那儿工作。"

一旦踏入黑暗的世界,周遭的环境也像坠入地狱之中一般,越来越糟糕,人心也会渐渐麻痹。也许爱美佳就陷入了这样的境遇。

我从口袋里拿出薄荷糖放进口中,窗外晴空万里,有飞机飞过,留下一道烟云,清清楚楚地挂在空中。

我问麻衣当时一个月大概能挣多少钱。

"在M按摩一次(接待一位客人)是五千日元。就算没有客人,时薪大概也有一千二百日元。像爱美佳那样每天干那么久的人,一天挣两三万日元不成问题。"

光是在M的月薪就有四五十万日元。再加上便利店的工钱,还能再多十万日元左右。法庭公布的幸裕的欠款有几十万日元,就算爱美佳打工是为了替幸裕还债,一两个月也能还清了。

"他们的生活应该并不困难,爱美佳那时候花钱也不大手大脚。她的衣服大致都是相似的风格,没有车,应该也没法去外面玩。她也不怎么喝酒。更何况,每天有那么多小时都在工作,哪里还有时间玩哪？所以，我也不知道她到底为什么要那么拼命。"

我仰头望天。就算工作再有成就感，如果连睡觉的时间都没有，体力上也吃不消哇。爱美佳如此辛苦地工作，是否还有别的原因呢？

小婴儿喝干了奶瓶中的奶，麻衣将孩子扶起来，轻轻拍打他的后背，给孩子拍嗝。小婴儿把脑袋放在她肩上，开心地摇头晃脑。

"说起来，就在和她断绝联系不久前，我还好言相劝：'你别再干风俗小姐了，干脆带着理玖回箱根的老家吧。'反正斋藤是指望不上的，照爱美佳那种过日子的方式，家里早已经是一团糟。这样下去，我怕理玖会遭殃。但我的劝告根本没用。爱美佳一点也不听劝，还推辞道：'我和我妈关系不好，妹妹还在备考，我不能这么干。'现在想来，如果当时我强逼着她回老家，也许理玖就不会死……"

麻衣一边给小婴儿拍背，一边伏下眼帘。

我口中的薄荷糖冷冰冰的。最后，我问麻衣知不知道爱美佳为何要离家出走。

"不知道哎——在她离家出走之前，我们已经断了联系。但正因为不知道，我才总会想起她来。想她为什么能那么轻易地放弃理玖。"

不知何时，小婴儿已经闭着眼睡着了，下巴还搭在麻衣的肩膀上。在母亲的拍打和摇晃中，孩子再次沉入梦乡。

窗外射进来的阳光照着孩子白得近乎透明的皮肤。我望着麻衣抱着小婴儿的样子，不禁疑惑：同在一个环境下工作，麻衣和爱美佳的不同之处到底在哪里？

风俗小姐

和五光十色的霓虹灯营造出的气氛正相反,太阳刚一落山,本厚木那条风俗店林立的街道便静得出奇。

白天,常有穿西装的人从这里抄近道去车站,但到了晚上,这里立刻泛起一股淫荡的气息,普通人往往敬而远之。偶尔有一个人影,也很快被相中的店铺吞噬。荒凉的夜色中,只有店铺里的音乐声隐隐回荡,那旋律撩拨着人的心弦。

粉红沙龙 H 位于街角的一栋大楼里。我走进肮脏而狭小的电梯,门一开,正对着店的前台,一个四十来岁的黑衣男人迎了上来。晚上八点半,我在店里一间约莫两叠[1]大小的等候室里见到了店老板铃木克也(化名)。那是二〇一五年十一月的某天。

铃木曾是爱美佳工作过的按摩保健店 M 的店长。我查到他几年前将 M 改为粉红沙龙 H 继续经营,遂对他发出了采访邀请。我向店内员工说明来意,留下了一张名片,本以为不会再有下文,

---

[1] 叠:表示房间面积大小的单位,一叠为一点六二平方米。

不料很快接到了铃木本人的电话。他同意接受采访。

等候室和工作的地方仅用一个窗帘隔开。镜面球在窗帘另一边的天花板上转来转去，音箱里放的重低音舞曲震天价响。店里有八组沙发，排成两列，坐在沙发上的男女几乎一丝不挂地抚弄着彼此的身体。淫乱的乐声和人声穿透了窗帘，在等候室也能听得一清二楚。

铃木个子高挑，身形像模特一般，一件V领的黑色针织衫外面裹着夹克，年龄四十岁上下。他让员工拿来两罐咖啡，脱下夹克点燃一根香烟，然后开口道：

"媒体对案件的报道，没有提到那家伙（爱美佳）的名字对吧。不过，我以前经常送她回家，新闻画面上一出现那家公寓，我立刻就知道了：哦，是那家伙干的。"

有意思的是，他和幸裕一样，称呼爱美佳为"那家伙"。铃木吐着烟圈说道：

"你查得没错，我确实在二〇〇二年开了M店。那家伙是最早的那批员工之一。当时这一带的风俗店特别多，竞争很激烈，每天都很辛苦。在这种情况下，那家伙愿意从早干到晚，要说帮忙，她确实帮了我不少。"

他顿了顿，表情中依然透着狠厉。

"可是，她这人糟糕透了。这一行，我干了这么长时间，像她这么讨厌的女人几乎没有见过。我一般不怎么记员工的名字，但她给我留下的印象太深了，我就算想忘也忘不了。"

铃木二十几岁就开始在风俗店工作，他口出此言，恐怕爱美佳确实特别。

"爱美佳是哪类女人？"我问。

"应该说，女人身上最讨人厌的部分，在她身上都有体现。而且这些特质，她对任何人都不遮掩——她就是这样的人。"

看来在铃木的印象中，爱美佳也绝不是惹男人喜欢的那类女人。据说她总是面无表情，脖子和手上都因过敏性皮炎起着疹子，身形瘦弱且贫瘠，远没有风俗小姐应有的丰腴。

只不过，爱美佳比其他女人对工作更热心，精神头也足，所以接客的频率没有表面看上去那么糟。这也许和她才二十一岁也有关系。再加上创业初期店里只有四名员工，当中唯独她每天从开店干到闭店，光是累计接客次数，也能轻轻松松地排到首位。

铃木那时很照顾每天全勤工作的爱美佳，积极为她揽客。爱美佳似乎也是生平头一遭感受到自己真正被人需要，有一种店里头牌的自豪感。她经常关照其他的女孩，给她们带点心或果汁。铃木忙得脱不开身的时候，爱美佳也会默默地帮他买来便当。没有客人上门、百无聊赖的日子里，她还会给大家讲笑话，主动扮演开心果的角色。

每天晚上闭店后，铃木都开车将爱美佳送到家门口，每次都要顺道去车站附近一栋公寓二层的托儿所 N 接理玖。爱美佳从托儿所将理玖抱上车的时候，理玖有时在睡觉，有时被吵醒，正在号啕大哭。

爱美佳似乎逐渐对铃木放下了防备，两人单独在店里或铃木送她回家的路上，常会聊一些私人话题。铃木隐约记得一些爱美佳说过的内容，大都带着一股矜傲，譬如自己的本家在箱根经营温泉旅馆、自己之前上的是名门女校等等。

爱美佳也和他说过有关丈夫的事。一天，她突然给铃木看了幸裕的照片："这是我老公，要是他来店里消费，千万别把我指派给他。"那也许是幸裕发现她做风俗小姐，和她吵架时的事。铃木说，照片中二十岁出头的幸裕相貌端正。

爱美佳曾经鼻青脸肿地到店里上班。铃木惊讶地问其缘由，她说丈夫对她动粗。从那以后，爱美佳动不动就和铃木说幸裕打她的事，还问他："我想离婚，你觉得该怎么办才好？"

讲到这里，铃木摁灭香烟，很快又点了新的烟。逼仄的等候室里烟雾缭绕，地板和墙皮上净是斑驳的印痕。

"一开始，那家伙隐藏了她的本性。我也误以为她是个不错的女孩。后来店里的生意步入正轨，随着新的女孩子一拨拨入职，她的狐狸尾巴就露出来了。我们的经营状况越来越好，新人也越来越多。那家伙本来就不算女人中的上品，好的新人进来，马上就超过了她的业绩。她在店里的排名也一落千丈。她大概不高兴了吧，不光忌妒其他女孩，还开始给人家捣乱。再加上她自负这家店是靠着自己当头牌一点点做大的，言行就更过分。"

——所谓的捣乱，都包括什么呢？

"她什么事都干过，真的，但凡是女人能干的恶心事，她全干了。比如，她偷了女孩 H 包里的东西，等到事情败露后，却堂而皇之地谎称'小偷是 W'。或者跟我打小报告，说些根本不可能发生的事。'我看见那孩子和客人真枪实弹地做了'，或者'那孩子在店门口和客人卿卿我我'什么的。她老是想排挤别人，是不是很差劲？"

据说当时在店里工作的女员工全被她整过。

"她对那个超过自己成为店里头牌的叫佳代的孩子最过分。佳代刚来的时候，爱美佳还以前辈的态度和善地对她，一被佳代超过，态度立刻就变了，干了不少坏事。偷看人家的手机，甚至还检查短信内容。对了，她还影射过我和佳代之间有一腿。她是个忌妒心极强的女人。"

窗帘另一边沙发上的男女仿佛开始交欢，传来舌头交缠的吮吸声。等候室离沙发只有两米远。铃木吐着烟继续往下讲，丝毫不担心被客人听到。

"后来店里的女孩全都意识到她有多难搞了。她办事手段不高明，脑子也不好使，很轻易就被大家看穿。然后她就彻底被大家孤立了，谁都不搭理她。我也叮嘱过女孩子们那家伙比较危险，要大家尽量别和她扯上关系。"

——为什么没开除她呢？

"现在想来，我可能是碍于情分。刚开业最艰难的时候，受过人家的恩惠，有人情的因素在里面。而且她把小孩放在托儿所，一放就是一整天。我想她那么拼命工作，也许有她的难处。但我完全是错付了。她反而更来劲了，最后影响了整个店的生意。"

铃木说，这之后爱美佳的谎话越发变本加厉。

"M不是单间吗，等到洗完澡，她和客人进了单间后，没过两分钟她就咚咚地敲着墙大喊：'客人对我动真格的！'我就只好相信她的话，把不守规矩的客人赶走。可这些大部分是她瞎编的。客人刚进单间就被说对小姐动真格的，然后被撵出来，这样她什么都不做就能拿到钱。她打算用这种方式轻轻松松地赚钱。这样的事发生一两次还好，连续几次之后外面就有了风言风语，风俗杂志U就登过一篇文章：《记厚木一家纠纷不断的黑心店铺》。"

铃木在烟雾缭绕中忆起当年的往事，不悦地说：

"真是让人拿她没办法。后来我也忍无可忍，不再给她揽生意了。她大概也意识到自己被人嫌弃，然后就决定辞职。"

窗帘另一边，我听到了淫靡的唾液声和喘息声。

铃木开始抖腿。

"爱美佳是怎么辞去店里工作的呢？"我问。

"她就直接人间蒸发了。突然消失不见。唉，不过我也松了口气，就直接把她开除了。"

——什么时候的事？

"什么时候来着？那家伙在我这儿干了一年半到两年左右？差不多是这个时间，你自己算吧。"

爱美佳从二〇〇二年年底 M 开店开始工作，在店里干了不到两年——按照这个信息推算，她辞职的时间大概和二〇〇四年十月抛下幸裕和理玖离家出走的时间吻合。

也许爱美佳在 M 干到了走火入魔的地步，完全顾不上自己的家了吧。即使家越来越没有家的样子、夫妻关系已经无法挽回，她仍然相信自己是风俗小姐中的头牌，可以一个人独立生活。然而，她愚蠢的行为让店里再也容不下她。或许无路可走的她最终选择了"失踪"，抛下一切离开了厚木。

我还有一个疑问：这之后爱美佳到底去了哪里？审判时，她提到"西新宿有个同事要自杀"，我问铃木是否有这回事，铃木呛了一口烟，忍不住笑了：

"她怎么可能有这样的同事？新宿那边的风俗店一抓一大把，为什么非要从西新宿花一小时到本厚木的店里工作呀？在我们家上班的女孩，都住在这附近。"

——但爱美佳在审判时是那么说的。

"假的，绝对是假的。那家伙平时就谎话连篇。肯定是去找男人玩了吧？但这种话在法庭上说出来不合适，她就编瞎话，说去西新宿找朋友了。"

爱美佳在家里和店里都待不下去，很可能在外面有了男人。我想起幸裕说过，他曾发现有人和爱美佳在短信中谈论性事。如果爱美佳是去找那个男人，那也就可以解释她为何将理玖扔在公寓中不管。或许那一天，她抛下了一切，打算和新的男人从零开始，重启自己的人生。

铃木摁灭了烟。可能是怒气上涌，他的额角渗出细密的汗珠。他又抽出一根烟。

"我想起一件事。那家伙人间蒸发几个月后，又突然来店里惹麻烦。那天我有事外出，拜托其他店员看店。不料店员打来电话，问'爱美佳带朋友来店里闹事了，要怎么办？'。那家伙可能是来报仇的吧，特意挑我不在的时候带着几个朋友来，好像夸耀自己为店里做了很大贡献来着。很可恶。我赶回来的时候，她已经跑了。"

店内广播传来一个男员工的声音，通知客人服务时间结束了。少顷，离窗帘最近的那对男女穿好衣服站起来，我听到他们朝店门口走去的脚步声。其他沙发上男女交缠的淫靡之声仍然不绝于耳。

铃木喝了一口罐装咖啡，点燃了不知第几根烟。

"媒体报道这起案子的时候，放了理玖的照片。从 M 开店开始，将近两年时间我每天都把理玖送到家，清楚地记得他的长相。他是个很可爱的孩子，长得像一休小和尚似的。"

室内烟雾缭绕。

"我离婚了,但有孩子。所以知道那个年龄的孩子有多需要父母、多黏父母。对孩子来说,父母就是他的一切嘛。她竟然让那孩子死得那么惨……"

——你的意思是,爱美佳也有责任?

"她老公也是糟糕透顶的人渣,说是畜生也不为过。不过最开始抛弃孩子的,难道不是她吗?一个男人边挣钱边养孩子,根本就不可能。那家伙明知如此,还人间蒸发,为什么她就一点罪过也没有,还能在大街上寻乐子?法官和警察都吃屎去吧!"

铃木仿佛还不解气,继续补充道:

"了解那家伙的人,都会这么想。我敢断定,对那家伙来说,这个案子肯定不痛不痒。那家伙不该离家出走,应该索性自杀。那样说不定还能保住孩子的性命。"

铃木额角的汗珠滑到脸上。他一定是想找个人倾诉对爱美佳的愤怒,才同意让我采访的吧。

店员又领来新的客人,在窗帘后面的沙发上落座。店内广播响起,不久有女孩子趿拉着拖鞋走来,和客人打招呼时带着鼻音:"你好——"铃木仍然跷着二郎腿、苦着脸,频频吞云吐雾。

箱根的老字号旅馆

十一月中旬，层层红叶包围的箱根有如着了火一般。成群的野鸟从连绵的山峦上飞过，一声鸟鸣过后就有另一声鸟鸣回应，鸟叫声渐渐连成一片，响彻天空。

这一天，我在箱根森林中的一家旅馆落脚。这是爱美佳的家人经营的老字号旅馆，在当地颇有名气，尤以豪华的露天温泉闻名。

深夜，我来到空无一人的露天温泉处，墙上和方格天花板上都嵌着华丽的寄木细工的工艺品。在散发着硫黄味道的浴池里能看到远处的夜景，外轮山的轮廓清晰可辨。我泡在乳白色的温泉水中，眺望这片热气环绕的气派风景，不自觉地展开想象：爱美佳究竟是怎样长大的？

第二天早上，我坐出租车前往她的老家——离旅馆只有几分钟车程。我想弄清爱美佳的成长经历。出租车沿着一条坡道向上，我以为会拐进某条岔路，车却一路顺着纤细的主干道向前，在森林中越开越深。周遭景象和旅馆林立的大街不同，老旧的别墅和民居星星点点地建在枯败的松林中。不时还能看到外墙已经斑驳的荒废房屋。

我按照地址一路摸索,来到大山深处的一条小巷尽头。周围民居稀少,十个指头就能数过来。挨家挨户地查看门牌,爱美佳的老家几乎在巷子的最深处。经过一道生锈的铁门,那栋两层的房子坐落在石级往上约十五米高的地方。

从外面看去,这是一栋相当气派的宅子,但它静悄悄地隔绝于山林中,又显得十分寂寞。住在这种地方的孩子,放学后也只能和家人待在一起,或独自玩游戏吧。如果和家人关系不好,恐怕就只能承受令人窒息的生活。

我试着按了门铃,但门铃好像没响。走上石级敲了敲门,也无人应答。我又在园子里转了一圈,从窗户往屋里看。没想到,昏暗的房间里一件家具也没有。这是一栋空宅子。

我只好辗转寻找住在箱根一带的爱美佳的亲戚,问他们这家人搬去了哪里。我便是在这时遇到了爱美佳的一位亲戚:川本优子(化名)。考虑到其与爱美佳的亲戚关系,对其年龄等详细信息本文按下不表。

优子害怕引起街坊四邻的注意,将我带到家里,站在门里面向我讲述爱美佳的老家成为空屋的来龙去脉。

"那栋房子的确是爱美佳的老家。她们家的三姐妹独立后都离开了家,只剩下爱美佳的母亲美枝(化名)在旅馆工作,一个人住在那里。但那起案子曝光后,美枝也辞了旅馆的工作,离开那栋房子,回她的老家去了。"

这起案件对爱美佳的亲戚来说,是像晴天霹雳一般突然吗?

优子思索着回答:"我觉得这个家迟早会出大事的,只是时间问题。我早就知道,这家里就像埋着炸弹,假使不是以这个案子的形式,迟早也会有其他可怕的事情发生。"

接着,她向我说明了"炸弹"的含义。

"开创旅馆的祖父风光无两,却也给子子孙孙留下了难以磨灭的伤痕。我们川本一家至今仍被这伤痕所苦,最大的牺牲者就是爱美佳。从这层含义来看,不能说这次的案件和川本家长期以来的问题无关。"

爱美佳是牺牲者?这是怎么回事?我耐着性子,听她按照时间顺序追溯爱美佳的生平。

川本家经营的旅馆是"二战"后不久开的。箱根自古以来便是有名的温泉胜地,战时和战后的一段时间,有不少病人和受伤的军人在此疗养。战争结束五年,小田急电铁开入箱根登山铁道后,这一带再次成为温泉胜地,重获人气。爱美佳的祖父,是成功建起面向普通游客的第一批温泉旅馆的老板之一。

去箱根旅行的风潮,使爱美佳的祖父转瞬间积累起财富,在当地广为人知。他年轻且自负,和女人的关系极为混乱,先是和一个女人未婚便育有一子,却没让对方加入自己的户籍便与之分手。接着又和有夫之妇乱伦令其怀孕，然后以"不清楚是我的孩子还是你丈夫的孩子"为由，令其堕胎后才和她结了婚。婚后，这位妻子为他生了两个孩子，而他又和住在旅馆的女佣之间有了两个孩子。除了上述这五名子女，听说他还有不少女性关系。

这位祖父六十岁出头去世后，由谁来继承旅馆便成了问题。这在当时也颇费了一番周折，最终决定由正室的长子做继承人。那时长子只有二十五六岁，原本在东京的企业里工作，半途被叫回箱根，年纪轻轻就当上了社长。正室的次子也和哥哥一起，开始在旅馆工作。后来，次子和箱根一家餐厅老板的女儿美枝结婚，生下三个女儿，爱美佳排行老二。

成为社长的长子经营手段狠辣，旅馆的规模一再扩大。而次子明显不把家庭放在心上，行为很不检点。他喜欢打球，一天到晚泡在高尔夫球场，手头一有钱就拿去买车或改造车身。他的名下曾有一辆高级跑车：白色的雪佛兰科尔维特，足见其生活有多么铺张浪费。

而且次子和祖父一样，男女关系暧昧不清，不顾家庭，耽于和情人玩耍。妻子美枝知道这些，两人常常爆发大的争吵，他拈花惹草的毛病却一如既往。许是怨愤无处宣泄，美枝对三姐妹的学业要求十分严苛。她让三姐妹全部接受小学入学考试，送她们去当地的名门女校读书，不分白天黑夜地督促她们学习，勒令她们考出好成绩。

三姐妹中，长女聪明好学，成绩很好，很受母亲疼爱。次女爱美佳却不同。她大概本就不擅长坐在书桌前学习，无论多么努力成绩都上不去，常被母亲骂得狗血喷头，渐渐也就没了学习的兴致。她的成绩持续在低空徘徊，被母亲斥责后她更加厌烦学习，陷入了恶性循环。

爱美佳渐渐长大，不光学习成绩不如他人，还添了偷东西和说谎的毛病。去别人家做客时，她经常从柜子的抽屉里偷拿珠宝首饰，或随随便便从冰箱里拿甜食来吃。若是主人发现后提醒她，她便坦荡地说谎应付过去。也许是在自己家遭受排挤，她才有了这些习惯。亲戚们渐渐开始瞧不起她。

到了小学高年级，爱美佳品行不端一事在学校也尽人皆知。由于爱美佳的成绩一直处在下游，且在校内外都有不当行为，班主任多次约美枝到学校谈话。因为爱美佳上的是名门女校，约谈时，校方的态度也比普通学校严厉很多。

美枝颜面受损，更加激烈地责骂爱美佳，对她的要求也比以往更苛刻。爱美佳在家要面对母亲的高压，在学校则要接受校规的束缚，成绩也跟不上；父亲又在外面和别的女人厮混，指望不上，她简直是四面楚歌。

居住在森林深处的宅子里，爱美佳无处可逃。有限的社交圈子很快令关于她的坏话一传十、十传百，爱美佳每天活在众人冰冷的目光中，很快便在初中时从名门女校退学，开始去公立学校读书。

在外拈花惹草的父亲从家中"蒸发",也是在这段时间。尽管沉沦于女色、花钱大手大脚,这位父亲似乎还希望有一天能让周遭的人对自己刮目相看。他一度尝试饮用水领域的生意,但相当失败,不得不去哥哥面前抹眼泪,请哥哥帮自己擦屁股。也许这件事让他对自己的能力感到绝望,一天,他扔下一句"我要把自己裁了",突兀地交了辞呈,和当时交往的情人一起从箱根销声匿迹。只给美枝留下三个上小学或初高中的女儿,以及将近六百万日元的房屋贷款。

在美枝看来,对丈夫的愤怒恐怕不如对未来要如何活下去的苦恼来得深重。三个女儿马上就要到最需要用钱的时候了。她来到丈夫的哥哥面前,低声下气地说明了情况,希望能顶替失踪的丈夫在旅馆工作。对方抛不下自己的弟媳和三个侄女,同意让美枝在旅馆谋生。

旅馆的工作每天都是从清早到深夜,天不亮就被叫去干活也是常有的事。美枝比其他员工薪水拿得多,肩上有一份责任感,于是一心扑在工作上,疏忽了对家庭的照料。女儿们的三餐要么在便利店解决,要么就吃自家餐厅的剩饭。美枝甚至没什么时间和孩子们面对面地交谈(也有人说,美枝在这段时间曾和旅馆的一位员工私通)。

家庭环境的巨变,无疑给本就孤立无援的爱美佳带来了更大的伤害。升上高中后，她很少回家，经常在小田原的商业街和同龄的不良少年混到深夜。这段时间，她曾因"服药过量"被送到医院，单凭这一点，也能推测出她当时的生活有多混乱。

爱美佳在这样的境遇中遇到了幸裕。当时的幸裕已是社会人士，开一辆电光蓝的改装车。爱美佳从大自己三岁的幸裕身上感受到了成年人的魅力，自然而然地沉浸于和幸裕同居的幸福中。于是，她以在箱根老家和母亲争吵为契机，搬进幸裕的公寓，继而从高中退学。

"作为亲戚，有些话我也许不该说。但川本家的因果报应，仿佛都应在了爱美佳身上。祖父留下的复杂的血缘关系，其次子——也就是爱美佳的父亲沉迷女色，美枝对子女的教育过度严苛，以及家庭的崩坏。也许是这一切的一切，将爱美佳变成了那样的人。如此看来，爱美佳也是个可怜的孩子。她的姐姐头脑聪明，没吃过太多苦；妹妹虽然走过弯路，但在爱美佳出事后主动向亲戚求助，重新走上了正轨。只有爱美佳无依无靠，最后离开了这个家。"

我似乎窥见了爱美佳的人物画像。看上去出身于一个殷实的家庭，但父亲将这个家破坏殆尽后消失，母亲只顾强势地向女儿输出自己的价值观，不曾考虑女儿内心的感受。爱美佳成长在箱根的森林中，每天备受自卑和他人排挤的煎熬。她终于逃离原生家庭，尝试和幸裕建立一个新家，却又一次失败，之后在风俗业界找到了自己的生存价值。

"看到案件的报道时，我想，爱美佳虽然长大了，却还是和小时候一模一样呢。离开自己家和斋藤一起生活后，想必她一点也没有变。她把理玖扔下，自己离家出走，和她父亲的失踪简直如出一辙呀。也许她在无意识之中，模仿了她父亲的做法吧。"

优子看了看里屋的玻璃门。电视一直开着，狗正在用爪子挠门，想到主人身边来。

我略微回溯了事情的经过，请优子讲讲理玖出生时，爱美佳住在老家那一个月里发生的事。我想了解川本家亲戚之间的关系。

"在美枝看来，爱美佳给她添了无数麻烦，还离家出走，她心里肯定想和爱美佳保持距离。但理玖是美枝的长外孙，她还要顾及亲戚的目光，也不能冷着脸把爱美佳赶走。我想也许是因为这一切的一切，她才答应照料爱美佳，让爱美佳和理玖在老家住一个月。爱美佳狡猾得很，总是拿理玖当幌子要这个要那个，也没少跟握有财产的奶奶要钱。美枝也不愿意总被她敲诈，常对她说：'找你奶奶要去。'于是爱美佳花言巧语地哄住了奶奶，让奶奶替她付了公寓的押金和礼金，还帮她买了婴儿床等生活用品。"

对爱美佳来说，老家就是她的提款机，据说她搬到厚木后，也经常回来要钱。

"据我所知，爱美佳和斋藤一起带着理玖突然回来过好几次，还曾经带着朋友回来。然后爱美佳就挨家挨户地敲亲戚家的门借钱。她的说辞是：'养孩子要钱，借我钱。'当然，我从没听说她还过谁钱。"

在箱根采访期间，其他几位亲戚也说过同样的话。爱美佳突然大半夜一个人来敲门，说"生活费不够"，一借就是几万日元。

但这些情况也说明，爱美佳和家人、亲戚一直保持着或多或少的联系。既然如此，她离开厚木的公寓时，为何不将理玖托付给老家的亲人，或和家里商量一下理玖的抚养问题呢？

对于我的疑问，优子是这样回答的：

"她没办法这么做，因为美枝不让她进门了。美枝希望斩断她和川本家的关系。丈夫离家出走后，旅馆依然允许美枝以妻子的身份留下来工作。长女和三女都能读大学，离不开丈夫的哥哥的资助。如果爱美佳回来惹是生非，给川本家添麻烦，丈夫的哥哥说不定会发火解雇美枝。要保护两个女儿和这个家，美枝只好疏远'问题制造者'爱美佳。"

据说，美枝的态度很决绝。

"凡是和爱美佳有关的事，美枝一概避而不谈，那反应不同寻常。像我作为亲戚，有时会想起那孩子，一家人在一起吃饭时，偶尔会问一句'爱美佳最近怎么样'。美枝就突然板起脸，严肃地回答：'谁知道呢！'"

对这家人来说，爱美佳大概就像癌症一样。玻璃门里面的狗坐在了地上，不再挠门。

——美枝知道爱美佳抛下理玖失踪的事吗？

　　"这个我不清楚。至少我从没听美枝说过这些。也许爱美佳没和她说过吧。那孩子肯定意识到母亲想疏远她了。她可能觉得亲人已经指望不上了吧。"

　　美枝一心想守住这个家，试图切断和爱美佳的关系。这最终导致了对理玖的见死不救。

　　还有一点令我难以理解——为什么爱美佳在风俗店打工还不够，还要去便利店打工？她怎么会需要这么多钱？

　　"为什么呢，"聊到这里，优子略微沉吟，"我不知道到底是不是这个原因，二〇〇二年到二〇〇三年，曾有好几辆黑色奔驰排队停在爱美佳老家门口。那明显是暴力团伙的车。他们好像是来找爱美佳的，听说后来还向旅馆施加了压力。好像是过来要债的。听说这件事后，我才相信爱美佳这孩子真的在干一些有风险的事。说到钱，我能想到的就是这些。"

　　这件事正发生在爱美佳去风俗店工作的那段时间。暴力团伙开着好几辆奔驰来老家逼债，大概说明她的欠款不在少数。

　　不过，爱美佳当时忙成那样，不可能有时间去玩，风俗店的同事麻衣也说她"花钱也不大手大脚"。既然如此，还能推敲的恐怕只剩下她高中时曾因服药过量被送去医院一事了。难道她当时在服用价格高昂的违法药物？

　　玻璃门里传来娱乐节目的欢声笑语。我看看手表，已经到了正午时分。

最后，我问优子如何看待这起案件。她的语气立刻慎重了许多。

"我觉得，爱美佳离家出走是诸多因素共同作用的结果。但假使她懂得为理玖考虑，无论发生了什么，我觉得她还是应该告诉我们一声。虽说家家有本难念的经，但我们如果知道理玖身处那样的环境，大家肯定会一起商量，想办法帮忙的。可是，爱美佳和美枝都对此事守口如瓶。这让我很遗憾。"

——发生这样的事，是因为爱美佳和美枝在亲戚之间被孤立了吧。她们两人现在怎么样？

"美枝就住在这附近。我听说她把爱美佳藏在另一个地方了，但她没告诉任何人具体的位置。恐怕只有她和她的两个女儿知道吧？估计在案件的热度退去之前，她们会一直躲下去。"

——这样做，并不解决任何问题吧。

"话虽如此，但我们什么都做不了。美枝一直在做脱离川本家的打算。她还没和离家出走的丈夫离婚，但既然辞掉了旅馆的工作，离开了自己的家，她大概也不需要继续和川本家维持关系了。而且她最近提起诉讼，要求离婚并领取精神损失费。所以川本家和美枝已经决裂，也没法再帮她了。"

——为什么美枝要和帮助过自己的川本家断绝关系呢？这样一来，她不就孤立无援了吗？

"川本家内部,就是一团糟……我也真的无话可说。"

优子无计可施地摇摇头。狗仍然背对着玻璃门,电视里照旧传来喧闹的声音。

离开优子家,我再次坐上出租车,前往此行最后的目的地——爱美佳母亲的老家。不久前我寄信表示希望采访,希望直接听爱美佳的母亲谈一谈对案件的感受。

那是一套很大的独栋住宅,建在山下快要连通县内公路的位置。旁边的土地上是老旧的预制装配式平房。我事先听说,美枝和川本家决裂后,独自搬到了这所预制平房里。

我按下门边的门铃,少顷,一个六十多岁的女人苍白着脸开了门。她脸上遍布深深的皱纹,一点血色也没有,通红的双眼像哭肿了似的,因充血而盈润。然而表情古怪地板着,像躲避猛兽的小动物。

我问她是不是美枝,她明显露出狐疑之色。我递上名片,说明此行的缘由。美枝没有听我讲完,便粗鲁地嚷道:

"我不知道那孩子的事!她不在这儿!够了!"

她的反应异常慌乱。

我继续解释,并试图让她平静下来。我说,我不是来谴责她们的,只不过想知道她们为何没能救助理玖,想听一听爱美佳家属的想法。

但美枝根本听不进去。她浑身发抖，夸张地摇着头，喊出来的话几乎带着回声：

"事是那孩子干的！不是我干的！"

——嗯，我明白。所以……

"够了！我很烦！烦透了！我不知道那孩子到底是怎么想的。她爱怎么想怎么想！"

我试着让她消气，可她激动地摇着头，声音更大了。

"我什么都不会说的！我什么都不知道，也不想知道。我真的烦透了！你赶快滚！滚！"

美枝听也不听，拒绝谈论和案件有关的一切。她沙哑着嗓子胡乱喊了一通，就关上门，落了锁。

站在门前，我想：恐怕美枝在川本家的时候，对爱美佳的态度也像刚才对我那样。高喊着自己什么都不知道、不关自己的事，甚至对一切相关的话题避而不谈。而在冷漠的另一头，理玖独自被关在那黑暗的房间里，度过了一天又一天。

转过身，耸立在眼前的山峰层林尽染，森林深处响起野鸟的啾鸣。冷风带着初冬的味道扑面而来，我不由得缩紧了身子。

我禁不住去想象成长在这片森林中的爱美佳的内心世界。根据她在审判时提供的证词，她目前似乎在"服务业"谋求生计。三十多岁的她，如今一定仍然像断了线的风筝，彷徨于城市的街巷。

既然爱美佳已和川本家断了往来，亲戚中想必也没有人理解爱美佳的所作所为，朝她伸出援手。社会能够提供给她的帮助也近乎为零。我只有在心中默默祈祷，希望她不要再犯同样的错误。

　　寒风从山间滑落，打在我的脸上。我想起采访时听说的有关理玖遗骸的事。据说遗骸先由警方保存，案发不久，警方将其归还至爱美佳手中。而由于遗骸已不能埋在川本家的墓地，最后只得在美枝老家的墓地下葬。

　　这想必是爱美佳生下理玖后，第二次单独和他一起来到这片土地。望着那具小小的尸骨，不知她心中作何感想。

　　冷风久久地摇动着红叶。

案件2

下田市婴儿连环杀害案

伊豆半岛以南

静冈县伊豆半岛的相模湾一侧，有热海、伊东等几处有名的观光胜地。无论是东京及其周边还是中部地区的游客，想来这里都很方便，再加上温泉和海水浴场的加持，昭和经济高速增长时期，这一带曾是新婚旅行的人气之选。或许是对这个地方有特别的记忆，现如今，此地依然很受老年夫妻的欢迎，也是不少老年旅行团的目的地。

名为"伊豆急行"的地方铁道从伊豆半岛东侧穿过。乘上列车，眺望着深蓝的大海南下，会抵达终点站伊豆急下田。历史上，佩里曾率舰队来到这里，强迫江户幕府开国，缔结《日美亲善条约》。而后，下田成了和箱馆（即后来的函馆）同一批开放的港口——这样说，也许有些读者就对此地不再陌生了。

下田也有不少温泉和海水浴场，经济泡沫期之前，有大批游客来此观光。这个城市人口不到两万三千人[1]，建于经济泡沫期的

---

[1] 本书日文版发行于二〇一九年二月，中文版中的数据依照原版内容，未做改动。

大型酒店如今仍然矗立在海边或小山上，港口停泊着许多帆船。海岸一带甚至建有潜水员时常光顾的商店和时尚的酒吧，只不过建筑都已老旧。

家庭餐厅"乔纳森下田店"建在这座城市海边的国道旁，偏粉色的亮色调建筑和粗柱子上的红色招牌很醒目。也许是因为下田只有这一间家庭餐厅，这家店早上六点半一开店就有客人开着小轿车接二连三地赶来，一直到半夜都很热闹。

二〇一五年五月末的一天，我坐在店内靠里的卡座上。正好是中午，店里人头攒动，水吧前面围了一大堆人，既有年轻的母亲，又有上岁数的夫妻。椰树在窗外摇动，海上的船拉响汽笛，给人一种置身南国的错觉。

大概十分钟后，女服务员端来我点的奶酪烤菜。这里的员工制服是红白格衬衫配豆沙色围裙和黑裤子。服务员还戴着耳机，大概是用来跟后厨联系的。

女服务员将小票放在桌上，健步朝后厨走去，又端出一托盘食物，送到其他客人的餐位。午餐时段，她一定忙得连停下来喘口气的时间都没有。

我的目光追随着这位服务员，她的身影渐渐和曾在这家店工作的高野爱（被捕时二十八岁）重叠。二〇〇四年春天，十八岁的高野爱开始在这家餐厅打工，一干就是十年。然而，二〇一四年九月的一个早上，她在餐厅上班时突然破水，第二天天未亮时她在家中诞下一个婴儿。她亲手将这个孩子杀害。并且，她的房间里还藏着一具婴儿的尸体，那婴儿是她一年前生下来的。两次生产经过类似。

第一起案件发生于她生产当天，而这一天和第二天，她都若无其事地去上班，平静地做着服务员的工作。十月二日被捕那天，她也是一大清早就开始接待客人。她究竟是怀着怎样的心情，将杀害婴儿的事实埋藏在心底，笑容满面地接待餐厅来客的呢？

四天前，也就是二〇一五年五月二十五日，高野爱案件的第一审在静冈地方法院沼津支部二层的一间屋子里开庭。

上午十点，爱戴着手铐出现在法庭上。她穿着黑色西服套装和黑色长筒袜，头发略微过肩，体形微胖，眼睛细长，似乎没有化妆，脸上留有过敏性皮炎的痕迹。看上去像那种坐在教室角落里沉默地低着头的低调女孩。

法官是一位五十岁上下的女人。第一次公开审判中，爱有机会在法庭上陈述与案件相关的供词，审判的第二天，审判员有半天时间向被告提问。年纪轻轻的爱已是三个孩子的母亲，长女已经十一岁，但爱回答问题时，仍显得格外幼稚。

被问到对案件作何感想时，她这样回答：

"犯了这样的案子，我对不起孩子们，所以想跟孩子们说'对不起'。"

被问到为何要杀害婴儿时，她的回答是：

"我本来以为总会有办法的，可到头来还是没有办法，不知道应该怎么办……不过，我知道是我不好。"

她考上了县立高中的普通班，并在乔纳森笑意盈盈地接待客人、工作了十年之久，足见智力水平没有显著低于常人。可她回答审判团的提问时，却像低年级的小学生一样，笨拙地为自己做的错事找借口。

这样一个女人，为何能在家中生下孩子，并将其杀害后弃尸？而且，同样的事情还做了两次。

案发后，媒体的报道基调大抵是"年轻的单身妈妈因贫困犯案"。二〇一四年十一月八日的《读卖新闻》是这样写的：

■ 凑不到钱堕胎——被告人因涉嫌杀害婴儿再次被捕

针对下田市某民宅中发现两具婴儿尸体一案，七日，相关调查人员在采访中表示，在该市高马打工的店员、被告高野爱（二十八岁，因遗弃尸体罪被起诉）供述，称自己"凑不到钱堕胎"。

相关调查人员称，被告高野去妇产科就诊时，已经过了适合终止妊娠的时间。正常情况下，需准备十万至五十万日元的人工流产手术费。高野凑不齐这笔钱，于是放弃了手术。

今年九月下旬，被告高野在家中生产，然后用布将刚出世的女儿裹起来装入塑料袋中，致其死亡。目前，高野因涉嫌杀人被捕。十月末，她又因涉嫌遗弃另一具婴儿尸体而被法院起诉。

被告高野和三个孩子、母亲、两个兄弟一起，过着一家七口的生活。怀孕时，她对家人说自己"胖了"，并对来家访的市役所工作人员否认自己怀孕的事实。据悉，她在接受县警调查时表示："生活很辛苦，所以遗弃了孩子。根本没打算把孩子养大。"目前警方认为其遗弃尸体的主要原因是生活艰难，案件仍在调查当中。

下田警署已于七日将被告高野送至静冈地方检察院沼津支部接受进一步调查。

案发时，爱确实过着穷困的生活。她和三个孩子住在母亲家中的一间屋子里，整套房子都是租的。白天她要去乔纳森上班，但这份工作不够日常开销，她晚上还要去其他地方打工。据说她没有任何积蓄，每个月都过着举步维艰的生活。

不过，现代日本社会之中，超过半数的单亲家庭都有经济困难，和爱情况相似的单身妈妈并不在少数。何况她还和家人住在一起，市役所也在为她提供福利帮助。在这样的情况下，她怎么可能仅因为凑不齐人工流产手术费，就两次在和亲人一起生活的家中偷偷生下孩子，并将他们杀害呢？

我带着这样的疑问展开案件采访，没多久就了解到媒体报道中不曾提及的一些事实：爱从高中二年级开始的十多年间曾怀过八个孩子。这八个孩子中，只有三个至今仍然活着。这实在非同寻常。

究竟是什么原因，令爱几乎每年都怀一次孕，并杀害了两名婴儿？

而且，家中长期放着两具婴儿的尸体，一定有很重的腐臭味。和爱同住的六个家庭成员，以及她的好朋友、姐妹，为何既没有发现爱有孕在身，也没有发现她杀了孩子呢？

笔者试图以审判中得到的事实为基础，结合对爱的家人、前夫、被害婴儿的父亲等人的采访，拼凑出她前半生的经历，还原案件的样貌。

公开审判中，爱称呼被自己亲手杀害的两名婴儿为"天花板上的孩子"和"壁橱里的孩子"。这两个孩子还没有姓名，就结束了短短的一生。

单亲之家

下田站靠山的一侧和靠海一侧的观光区不同,俨然一片荒凉的农村景象。道路疏落,尘土飞扬,路上偶尔能看到拉面店或理发店,但都关着卷帘门。停在店里锈迹斑斑的摩托车告诉人们,店家已经关张好几年了。

从车站向北驱车经过下田街道,大概五分钟后便会被绿意包围。群山和农田一眼望不到头,河流的水声不绝于耳。湿润的海风在不知不觉间带了森林的味道,路两旁随处可见老房子和宣传栏里褪了色的政治家海报。

案发地位于下田市高马,距车站约两公里的一座小山脚下。这条小巷中有二十来户住宅,巷口的一栋木制房屋便是爱的家。混凝土砌成的围墙不足一米高,在马路上就能窥见园子里面的模样。虽然门窗都关着,家里人的说话声和电视声还是能传到外面。混凝土墙上插着两只风车,吱呀呀地转着,可能是上小学的孩子做了放上去的。

案发当时,离婚两次的高野爱在这个家中以单身妈妈的身份养育着三个孩子。爱不曾从孩子的父亲那里拿到过抚养费，长女出生登记时甚至没有记录父亲的姓名。然而，对这家人来说，爱的情况并不稀奇——她的母亲、外祖母都是这样，不求男人帮忙，一手将孩子养大。

听亲戚说，这家人自爱的外祖母（已故）一代起，就在远离海岸的下田市内生活了。外祖母在这里结婚，生了七个孩子，却因和丈夫关系不睦而离婚。在那样的年代，生活在小城镇里的单亲家庭往往要承受诸多人的冷峻目光。外祖母拼命工作，总算把七个孩子全都抚养成人。年龄最大的长女夏美（化名），后来成了爱的母亲。

据说一家人过得相当穷苦。可能是因为外祖母养家糊口就已经竭尽全力，没时间照料孩子，街坊四邻对夏美和其他几个小孩的评价极差，大家暗地里议论着："那家的人全都很糟糕。"尤其夏美被当地居民下了定论，称其是"明显不正常的女人"。至于次女昌子（化名），则是连亲戚都说她"人性扭曲""只在乎自己和钱"。

我也和五十一岁的夏美见过几面，刚一接触就意识到，我的确没法和这个人正经交谈。夏美的体形和普通日本人不同，胖得像个雪人，说话时抬起下巴，显得上气不接下气，但只要一开口就全然听不进对方的话，甚至不愿意装出聆听对方说话的样子。

夏美以证人身份出庭时也是一样。做证时，无论律师和检察官问什么，夏美都扯着嗓子大声说一些毫不相干的话，法官因此提醒了她好几次。她的这种性格恐怕是小时候就养成的。当地的记者也说过："夏美的母亲可能有精神障碍，所以我们尽量不去报道她的家庭。"

快要二十岁的时候，夏美离开了下田，去神奈川县工作。在那之后不久，夏美认识了大自己十三岁的大友修平（化名）。夏美和大友发生关系后怀孕，生下的孩子就是后来犯案的爱。

一九八五年的最后一天，夏美回到下田，在医院生下爱。她没和大友结婚，给孩子做出生登记时未记入父亲的姓名，也未向大友索要孩子的抚养费。夏美甚至不曾告诉自己的孩子自己为什么要这样做，但从大友的年龄来看，他当时很可能已经有了妻子和孩子。

随后，夏美一面住在下田的老家抚养爱，一面继续和大友交往。大友高兴的时候就来下田一趟，和夏美做了爱便走。对他来说，夏美更像是方便的性伴侣。

两人的关系虽然随意，做爱时却不避孕。爱出生后的第二年和第三年，夏美又陆续生下次女惠子（化名）和三女文子（化名）。三个孩子都是大友的女儿，大友却不负责任，在夏美第三次生产后隐匿行踪，自此下落不明。

不久，夏美搬出母亲家，在当地打工讨生活。她对女儿们很严厉，一味地表露自己的意志，根本不尊重孩子们的想法。

爱曾经问夏美自己为何没有父亲，夏美只是大吼道："没有就是没有！"后来另外两个女儿也问了她同样的问题，她明显很愠怒，和孩子们爆发了激烈的争吵。所以到现在为止，爱、惠子、文子三人只见过大友的照片，一直都不知道母亲为何没和大友结婚，自己的出生登记表上又为何没有父亲的姓名。

若要刻意为夏美辩护，也可以说她当时边打工边养育三个女儿，承受的辛劳非同一般。泡沫经济崩坏后，在旅游业的驱动下振兴的下田很快随之萧条，夏美这类人群最先被逼入绝境。她在打工的地方被任意使唤，却只能拿到很少的工钱，精疲力竭地回到家，又不得不陪伴年幼的女儿们。所以她有时难免需要发泄怨愤。

夏美往往把情绪的矛头对准长女爱。次女惠子如是说：

"我觉得妈妈是爱我们几个女儿的。我也很感谢她把我们拉扯大。但妈妈的性格本来就很古怪，不会好好地养育孩子。她和我们的相处模式，恐怕谁看了都会说有问题。她会莫名其妙地发火，这确实给我留下了许多痛苦的回忆。

"最受伤的绝对是小爱（爱的昵称）。妈妈对每个孩子态度不同，她特别宠文子，却一直对小爱很严厉。一般都是'打一个巴掌，给一个甜枣'，但她给妹妹的全是甜枣，给小爱的全是巴掌。在小爱的记忆中，恐怕全都是挨母亲骂的情景。"

夏美让爱代替从早忙到晚的自己照料两个妹妹、做家务。

或许正因如此,她看到的总是爱做得不好的地方,所以经常斥责爱。

爱知道顶嘴没有用,于是习惯了压抑情绪,顺从地生活。她从多次被骂的经历中,学会了无论别人说什么都左耳朵进、右耳朵出,养成了对一切都无感的性格。以至于她的妹妹们都觉得不可思议:姐姐被骂成那样,竟然还能无动于衷。偶尔实在忍不下去,爱就钻进被子里睡上一觉。几小时后就能把事情忘得一干二净,又变回对一切都满不在乎的样子。

惠子接着说道:

"小爱不说自己的看法,别人说什么她都听着。这是妈妈不好。妈妈骂她骂得太离谱,时间长了,她变得什么都能接受了。

"她本人大概也没少因为这种性格吃苦。别人拜托她的事让她为难,她也绝不会拒绝,说着'好哇!''知道了!',就接受下来。最后,她相当于亲手扼住了自己的喉咙。"

认识爱的人,都说她"八面玲珑""是个什么都愿意做的孩子"。给人留下这样的印象,大概也和她的这种性格有关吧。

小学毕业后,爱直接升入市立初中。在同年级学生的眼里,她似乎是个懂事而低调的孩子。初中毕业纪念册中的她仍有些婴儿肥,看上去是一个极为普通的初中生。

这段时间,母亲夏美在抚养三个女儿的同时,有了新的恋人。男人名叫井冈哲也(化名),比夏美小三岁,住在下田市内。夏美没有对孩子们隐瞒男方的存在,还常让女儿们和他见面。井冈和爱也相处得很好,两人经常一起聊天,一起玩。

爱读初二的时候,夏美怀上了井冈的孩子,她决定把孩子生下来。和与大友交往时不同,这次她还提出了结婚的要求。但井冈的父母坚决反对,结婚的事情不了了之,夏美和之前一样在未婚的情况下生下了长子。这一次,她也没有要求井冈支付孩子的抚养费,于是一家人的日子更加难以为继。而目睹了母亲和男人交往的爱,在初三的时候谈了第一个男朋友。

爱考上了当地的县立下田南高中(即现在的下田高中)。她对社团活动没什么兴趣,精力主要用来照顾同母异父的小弟弟,还要打工缓解穷困的家境。在学校,她毫不掩饰对异性的兴趣,听说还主动和男同学套近乎。高中入学一年半,和她发生过肉体关系的男性人数就超过了五人。

高二第二学期,爱开始和土井和树(化名)交往。两人的关系中,爱是主动的一方。和树与爱读同一所高中,比爱低一个年级,是加入学生会的好学生。爱第一眼看到和树,觉得他"像前男友",于是主动邀请和树跟她出去玩,两人自此开始交往。

转年后的二〇〇三年二月,令爱意想不到的事发生了。因为月经迟迟不来,她买来验孕棒检测,发现自己怀孕了。避孕方面的事她一直交给男方去做,自己没有注意。

还在上高中,不可能把孩子生下来——爱这样想着,打算做人工流产。可家里正是乱作一团的时候。几个月前，母亲夏美和恋人井冈的第二个孩子刚刚出生。和上次一样，夏美答应井冈：要生下孩子就不能结婚，也拿不到抚养费。家里显然没钱。如果这时候要母亲帮忙出钱做流产手术，母亲不知会发多大的火。但这笔钱也不能让比自己小的和树来出。爱想来想去，对谁也开不了口，时间就这样一个月、两个月地过去了。

周围的人发现爱怀孕，是她升上高三后的五月。肚子大得瞒不住了，爱才叫来和树，向他说明了情况。和树突然听说此事，也束手无策，只好哭着向父母求情。然后事情闹到了校方，老师把夏美叫到了学校。

和树的父母为了儿子的未来，央求爱无论如何也要把孩子拿掉。但人工流产不得超过二十二周孕期，医生检查发现，爱已经怀孕八个月，远远超出了时限。从法律上来说，除了把孩子生下来，没有别的办法。

在高中的谈话室里，爱希望学校至少能允许她毕业。可老师给出了其他的建议：

"如果把孩子生下来，你就有一段时间不能来上学。更何况你还要照顾宝宝。先退学吧。等时机合适的时候，再来上我们的定时制[1]课程就行了。如果愿意来我们学校，随时都收你入学，一年

---

1 定时制：规定一年中最少出席天数，以及利用夜间或闲时学习等的教育制度。

就能拿到高中毕业证了。"

就这样,爱不得不从高中退学,准备生产。

但在此之后,和树的父母明知道已经不可能流掉孩子,依然追问"真的不能流掉吗?""要不要去其他医院商量一下?"。夏美和爱的妹妹们听了勃然大怒,直截了当地抗议道:"这明摆着是不可能的!"夏美脾气粗暴,反应更是激烈,两家的关系进一步恶化。

"今后的事,等他们俩高中毕业了再说吧。"这便是和树父母的回击,他们将儿子体面地从下田南高中转至沼津市的高中读书,把问题糊弄过去。

二〇〇三年九月,爱在市内的医院独自产下长女万梨阿(化名)。听说和树当时在沼津,甚至没来探望。爱在医院住了一周左右就出院了,但家里除了两个年龄相仿的妹妹,还有同母异父的四岁弟弟和不到一岁的妹妹,她实在没地方住。和亲戚商量后,爱带着万梨阿住进了姨母昌子家。

那时昌子家中住着她年迈的母亲和三十多岁却无业的儿子。昌子已经离婚,生活费主要靠母亲的退休金等津贴来凑,日子过得很困难。爱和万梨阿刚搬进来,昌子就扬言:

"孩子由我来看,你(爱)赶紧给我去上班养活这个家!这就是住在我这儿的条件!"

寄人篱下的爱无法拒绝昌子的要求。她将刚出生的万梨阿交给昌子，去职介中心找了一份在附近旅馆做招待员的工作。

那是一家历史超过百年的老字号旅馆，庭园被青松环抱，每年时候一到，通红的杜鹃花就开满园子。爱每天清晨从家骑自行车到旅馆，干到天黑才回家。旅馆老板说，她是个"话不多，干活勤勤恳恳的孩子，容易亲近，总是笑容满面"。爱的性格八面玲珑，也许很适合做旅馆的工作，只不过每个月领到的薪水要交给昌子大半，她几乎没有能自由支配的钱。

第二年，也就是二〇〇四年的春天，爱按原计划开始学习下田南高中的定时制课程。她在这期间辞去旅馆的工作，在前文提到的那家建在国道旁的乔纳森餐厅打工。餐厅的排班很有规律，爱可以边上学边工作。她从早上六点多点开始上班，自六点半开店后干到傍晚，下班后去定时制高中。月薪大概十万日元，仍然有一大半交给昌子做生活费。

妹妹惠子这样描述爱当时的状况：

"昌子比我妈妈性格还要糟糕，在钱这方面更是如此。她利欲熏心，总想着怎么从别人手里多抠出些钱来。还向人推销奇怪的东西，就连亲外甥女也不放过。

"昌子收留小爱，完全是为了钱。把小爱和万梨阿的抚养关系转到她名下，她拿到的钱就能多一些。她还抢走了小爱的存折——那里面有政府汇来的儿童补贴和单亲家庭补助（育儿补助）

等款项[1]——说是'为了填补生活费',全部据为己有。她不是还让小爱每个月从工资里拿给她五万日元当生活费吗?除了这些,她还动不动就说饭钱不够了、电费太贵了,没完没了地跟小爱要钱。

"小爱还是老样子,'好好好'地答应下来,一句反抗的话也没有。她的性格本来就逆来顺受,万梨阿在昌子那里又像人质似的,恐怕小爱想反抗也难。假如昌子说'万梨阿一直是我在照顾,你有什么可不满的',她也没法反驳嘛。"

当时的爱一定希望有个人可以让她依靠,但和树依然在沼津读高中,没法和她商量这些。

这时,爱在乔纳森遇到了总部的一位男员工。工作结束后,对方经常听她诉说心事、给她建议,两人渐渐发展成男女朋友的关系,大概也曾去下田海边的某个情人旅馆,或开车到黑漆漆的港口紧紧相拥过。

两人并未正式交往。对爱来说,那只是一段排遣寂寞的短暂关系。但此时她已经有了万梨阿,并与和树有过关于未来的约定,做出这样的事和出轨相当。这段关系,搅乱了爱今后的人生。

---

[1] 根据《儿童补贴法》,日本政府对有孩子出生的家庭提供一定程度的经济支持。在孩子十五岁前,向其养育者支付儿童补贴。单亲家庭则在孩子十八岁前,向其养育者提供育儿补助,即单亲家庭补助。

结婚

二〇〇五年春,爱在乔纳森打工,并在这段时间从定时制的普通科高中毕业。而和树也从沼津的高中毕业,在县内富士市的某家企业就职。

之前约好高中毕业后再商量未来的两人,首先尝试了同居生活。爱离开下田,搬进和树的公寓。万梨阿仍然由昌子照料,但爱与和树决定,若是日子过得和睦就正式结婚,带走万梨阿,开始三口之家的生活。昌子之所以同意,大概是认为两人结婚之前,只要万梨阿还在自己身边,自己就能继续领取补贴吧。

但两个年轻人的同居生活仅在几个月后就画上了句号,因为和树发现爱在乔纳森工作期间,曾和总部的员工有过不正当的关系。据和树所说,他偶然翻看爱的日记,上面明明白白地写着她除了和那名员工,还和五个男人有肉体关系。在和树的逼问下,爱竭力辩解:"那不是出轨!"但和树听不进去,两人就这样分手了。

两人的关系破裂了,但对夏美等爱的家人来说,爱虽然两手空空地回来，但照料爱和孩子的事也不该完全交给她们。她们认为和树至少要在法律意义上成为万梨阿的父亲，并支付抚养费。但和树拿父母做挡箭牌，声称：

"这是爱做得不对，我是被出轨、被背叛的一方。万梨阿是不是我的孩子都不确定呢，所以我不会承担任何责任。"

和树翻脸不认人。而爱或许是心中也有愧疚，便劝母亲和妹妹"算了吧"，下定决心一个人将孩子养大。

爱回到下田，重新回到昌子家里，又开始在乔纳森打工。她又过回了丢脸的生活，每个月都将工资和津贴交给昌子。她其实也希望离开昌子，自己租一间公寓住，但打工的时候没人帮忙照看万梨阿，她也没有足够的钱让孩子上托儿所。

爱不愿意听昌子唠叨，下班后往往去赴当地男性朋友的约，在镇上玩到深夜。虽然她是一岁孩子的母亲，但到底只有二十岁。不怀好意地奉承她、请她吃饭的男人想必不在少数。在夜晚的游乐中，爱和很多男人有了肉体关系。身为单身妈妈还总能轻松赴约的爱，对男人们来说大概是不错的性对象。

二〇〇七年，爱遇上了她后来的丈夫。一天她在家时，一个男人上门来送快递。男人名叫山田逸平（化名），曾和爱读同一所高中，比爱低一个年级，高中毕业后在邮局打工。爱和他搭讪道：

"小哥，你长得很可爱呀。留下你的手机号吧。"

"好哇。"山田说着，当即和爱交换了号码。后来，爱几次打电话邀他出去玩，发现山田兴趣不大，便请他给自己介绍男人。于是，山田叫来了他的同级同学高野辽（化名）。

辽高中毕业后总是打一阵子工便辞掉，也就是所谓的自由人士。他的长相绝不算帅气，和爱一样有过敏性皮炎，个子不高，还背着欠款。人们都说他对女人来者不拒，爱的母亲和妹妹也反复提醒过爱"唯独别和辽交往"，爱却好像没听见一样，几个月后在市内租了一间便宜的公寓，开始和辽同居。

公寓建在一段陡坡中间，和荒废的房屋没什么两样。外墙上爬满了青苔和黑色的污渍，生锈的楼梯有好几处开了小洞，住在这里的大多是独居的老人。选了这样一套在整个下田都算便宜的房间，足见爱迫切希望尽快从昌子那里逃脱。爱本想带着万梨阿三人一起住进公寓，昌子却说"等你生活稳定下来再把孩子还给你"，于是爱先和辽住了进去。

他们并不是以结婚为目的住在同一个屋檐下的，所以爱尽管不久便怀上孩子，依然果断地决定堕胎。市内诊所O的初期人工流产费用是十万日元，两人勉强凑齐了钱，做了手术。

审判时，爱说自己流掉孩子的原因是"没钱养孩子"。她说辽等同于没有工作，靠自己打工挣来的钱无论如何也没法把孩子养大。

但在辽口中，情况似乎有些不同：

"坦白说，我们俩当时都对对方不忠。我和爱各自有几个性伴侣，我们都模模糊糊地知道对方除了自己还有别人，并且都觉得没什么所谓。那时候她说自己怀孕了，我心里也会想：'这孩子真是我的吗？'我这样一问，她立刻就说：'你怀疑的话就算了，我去流掉。'然后就做了手术。"

或许，爱选择和辽同居的主要原因并非对辽有感情，而是不想继续在昌子身边生活。

这件事之后，爱依然不注意避孕。不到一年，她又发现自己怀孕了。

这次和上次不同，爱决定生下孩子。这个孩子的父亲确定就是辽，并且上次手术很疼，她不想再做一次。而这些理由在法庭上由她口中说出来，却轻飘飘得不像话。

"（上次流产手术）很疼，所以我想干脆生下来吧（就生了）。当时万梨阿还在昌子那里，但我觉得，只要把她领回来好好养大，不让她觉得自己可怜就可以了。"

她告诉家人自己怀了孩子，打算生下孩子后和辽结婚。爱的家人听说对方是辽，虽然不放心，但毕竟爱的肚子里已经有了一条生命，也不好直截了当地反对。

但不安是实际存在的。就在爱临盆的时候，意想不到的事发生了。辽涉嫌强奸当地一名十六岁的女高中生，被警方逮捕。这下夏美和惠子也目瞪口呆，变了主意逼爱放弃："那家伙的孩子要不得！"

爱耸耸肩回答：

"月份大了，已经没法做手术了。而且我觉得，有了孩子之后辽会改过自新的。"

和怀第一个孩子的时候一样，爱腹中的胎儿已经超过二十二周。辽被拘留了一段时间，向受害者付钱和解后获释，一脸平静地回了公寓。那时爱已经从昌子那里接回万梨阿，考虑到未来的生计，她离不开辽的帮助。

二〇〇八年四月，爱在医院平安产下真多伟（化名）——一个健康的男孩。一家四口的生活就这样开始了，但生活费很成问题。爱要照顾两个孩子，不得不靠辽挣钱养家，但辽在建筑行业打工总是持续不了几周，最多几个月就辞职了，几乎没有什么收入。实在的经济支持主要来自孩子们的儿童补贴。

他们的生活没过多久就无法继续，家里几乎揭不开锅。当时和惠子交往的恋人不忍心看两人这样过下去，于是雇辽在自己开的建设公司上班。没想到，辽竟然无故缺勤，后来干脆不去上班了。

即使如此，爱仍然相信辽总有一天会改变心意，九月份正式与辽结婚。她希望辽能为了孩子们有常性地工作下去。然而，她每次和辽谈到工作，辽就怒吼着反驳："我不是已经很努力了吗?!"他还将桌上的餐盘和杂志扔到墙上，大发雷霆。

辽的言行越发凶暴，但爱依然默默忍耐，期待他浪子回头。

他是真多伟的亲生父亲，万梨阿也已经叫他"爸爸"，和他亲昵起来。而且她本就是在家人的强烈反对下与辽结婚的，事到如今也不好反悔。

不知道辽是否体会到了爱的情绪，他就像悟透了大道理似的，连工作都不去找了，整天在公寓里睡大觉，醒了也只顾玩游戏。一天，爱终于无法忍受，大声向他宣泄："你要为了这个家去干活呀！"而辽起身对她大吼："少啰唆，我正在等面试通知呢！工作不是你念叨几句就能定下来的！"

他揪着爱的头发，用力将她在地板上拖来拖去。万梨阿和真多伟吓得大声哭叫，爱看到孩子们恐惧的模样，心想"不能再和辽过下去了"。再这样生活下去，他对孩子动手也只是时间问题。

夜晚的工作

二〇〇九年三月，爱终于将离婚申请书交到辽手上。她抱着两个孩子离开公寓，投靠下田市西中的母亲家。在昌子家有过太多痛苦的遭遇，她以为住在母亲家后状况会有好转。

当时，上小学和幼儿园的弟弟妹妹仍住在西中的家里，和爱年龄相仿的惠子和文子两姐妹已经离开家里独立生活，因此母亲夏美对爱很是嫌弃，但看在爱低下头恳求的分儿上，总算同意她和孩子回来住下。

在西中家里的生活开启了地狱的新篇章。夏美在当地的便当店打工，每个月十一万日元的月薪加上六万日元的儿童补贴和育儿补助就是一家人的全部收入。这些钱当然是不够的，没法再照料爱和两个孙辈。于是夏美打算参考昌子的做法，从爱身上抠钱。

"要住在我这儿，就要把钱交够！你先正式离了婚，拿到单亲家庭补助。然后把放单亲家庭补助（育儿补助）和儿童补贴的存折交给妈妈保管——你最好别误会，这可是生活费！"

爱是低声下气地求着母亲同意自己和孩子们在家里住下来的，

当然无法拒绝母亲的要求。她说着"好的",将银行存折和印章都交给母亲。育儿补助大约四万日元,儿童补贴大约三万日元,这样夏美每月就多了合计约七万日元的收入。

即便如此,夏美仍不满足。没过多久,她又信口开河:

"这点钱根本不够!自打你们住在这儿,水电费和燃气费就特别高,你快去赚钱贴补家用!住在昌子家的时候,你不是还每个月交五万日元吗?在我这儿也要这样!"

无奈,爱只得提早结束产假,重新开始在乔纳森打工,每个月从十万日元的薪水中拿出五万作为生活费交给夏美。

这样一来,夏美每个月都能从爱手上拿走十几万日元,却没有将钱花在孙辈身上。两家人各过各的,除了水电费和燃气费等统一支出,孩子的饭钱、纸尿裤钱、上保育园的钱都要爱来承担,爱每个月都用手头仅剩的五万日元来应付这些支出。

夏美的榨取令爱生活窘迫,爱无论如何也想多些收入,于是从七月开始每天打两份工。她在派遣公司登记做接待小姐,主要在宴会或派对上做接待工作,这类工作在有"温泉之乡"之称的下田算刚需。

从此,爱过上了从清早工作到深夜的日子。早上刚过六点就在乔纳森工作,一直干到下午四点,下班后去保育园接孩子;下午六点开始到深夜做接待小姐。两份工作的薪水加上儿童补贴等进账,每个月能有二十八万日元的收入,她以为生活终于可以轻松一些了。

然而，夏美仿佛有一种野兽般的直觉，能够嗅到金钱的味道，刚得知爱的收入增加了，就对她说：

"晚上你去做接待员的时候，孩子都是我在照顾，很辛苦的！我就干不了自己的事了，你知不知道？今后一小时要收一千日元的'保姆费'！五小时就是五千，听到没有！"

假设爱深夜零点回家，赚到八千日元，夏美拿走六小时"保姆费"后，她手里就只剩下两千日元。夏美的要求很不合理，但她对爱说："要是晚上把孩子放在托儿所，你要出更多钱呢！"爱也只好流着眼泪，忍气吞声。

妹妹惠子这样描述当时的爱：

"小爱的钱都让昌子和妈妈拿去了。她住在昌子家，万梨阿就像人质一样，成了昌子向她要钱的工具。她逃出去和辽住在公寓里，又遭遇家庭暴力。于是她只好逃回妈妈家，这回又换成妈妈向她要钱了。小爱确实不会拒绝，可我觉得，她当时也无路可逃。

"那时，小爱每天能支配的钱可能只有一千日元。用这一千日元承担孩子们的伙食、衣服、汽油费，明摆着是不可能的嘛。小爱没办法，只好跟妈妈说'借我点钱'，借个一两千日元。然后这笔钱又成了欠账，等到薪水发下来，就要交更多的钱。"

母亲为什么要从女儿手中榨取这么多钱呢？在法庭上被问到这个问题时，夏美扯着嗓子喊道："养孩子不需要钱吗?！"她说自己给万梨阿和真多伟做过饭，还带他们去医院看过病，付了医药费。

但通过对案件相关人士的采访，我了解到实际情况并非如此。辽就曾这样说过：

"她妈妈（夏美）确实对钱贪得无厌。真的是三句话不离钱。只要开口问她要过一次钱，她后面就像疯了似的叫嚣个没完。可能因为这个，那家伙（爱）就交了钱，想息事宁人吧。

"那些钱都让她妈妈拿去玩、吃了。再就是去迪士尼。她每年带阿姨（昌子）和自己的两个年幼的孩子去迪士尼玩好多次，多的时候怎么也有十次吧。她不带那家伙（爱）去，但有时会带我孩子去。当然是会在迪士尼那边住一夜的。

"她也经常在外面吃饭，自己几乎不做饭，净是带孩子们去外面吃。而且她那么胖，真不知道饭量有多大。"

辽说的这些，亲戚们也认可。夏美经常带着自己的两个年幼的孩子和万梨阿、真多伟、昌子，六个人一起去迪士尼。如果要在迪士尼住宿，一趟的花销就要超出二十万日元。夏美从爱手中抢了钱，用来供自己娱乐消遣。夏美和爱徒有亲子之名，根本没把爱当作自己的女儿。

按照常理，也许会有人提出疑问：如果爱向那些为单亲家庭提供生活支持的机构寻求帮助，是否会有更大的回旋余地？既然钱无论怎样都会被卷走，那她至少可以选择晚上陪在孩子身边。

然而，她在直面现实与逃避现实之间选择了后者——通过接待工作和之后的酒会放松身心。

接待客人时，只要客人劝酒爱就会喝，也绝不拒绝第二、第三次酒会的邀约。她每天晚上回到家都会吐，可见一定喝了很多。

此外，她和很多在酒席上认识的男人发生肉体关系，几乎到了不介意对方是谁的地步。她要么跟去客人下榻的酒店，要么去市内的情人旅馆，发泄生活中积攒的不满。

爱的夜生活在法庭上被公开后，她的妹妹、夏美的三女儿文子难掩惊愕。

"我之前不知道小爱有这么多有肉体关系的男性朋友。那不就是滥交吗？不过，说不定她是把在家被母亲逼得走投无路的压力和不安都发泄在性生活上了吧。如果不这样，她可能就过不下去了。"

或许在爱看来，只有夜晚的小镇可以完整地揭开她的面纱。那时的她二十三四岁，离过一次婚，也许还渴望遇到新的男人，将一切从头来过。

爱和很多男性保持着肉体关系，其中还包括前夫辽。听说离婚后，辽偶尔会联系爱，说自己"想见真多伟"。这个男人尽管对家庭完全不管不顾，但或许是真的想见自己的亲生儿子。爱知道真多伟也想爸爸，于是没有多想，便带着孩子去见他。

爱这样描述当时的情况：

"辽毕竟是孩子的爸爸嘛。所以我觉得，他想见真多伟也很正常……辽见孩子们的时候，会用自己打工挣的钱买玩具送给他们，玩具车什么的。真多伟特别高兴。

"我手头总是没钱，什么也没法（给孩子们）买，觉得他们很可怜。真多伟是特别喜欢我的，总是'妈妈''妈妈'地叫着，离不开我。他是个很黏妈妈的孩子，我也很爱他，想多疼疼他。可我没钱，做不到。无论带着孩子走到哪儿，都要跟他说'对不起'。所以辽送孩子礼物，真多伟很开心，我觉得特别好。过圣诞节或者其他节日的时候，我就会安排他们见面。"

但实际上，爱不光是带孩子到户外见辽。送给真多伟礼物后，辽便要求爱跟他上床做补偿。爱也有自己的想法，看在辽给孩子买了礼物的分儿上，就答应下来。

这一行为的恶果，便是爱刚步入二十五岁不久就发现自己第四次怀孕了。孩子的父亲是辽。很明显，她当时的生活状况无法再养第三个孩子。而且爱已经与辽离婚，无法跟家人解释为何还会怀上他的孩子。爱告诉辽怀孕的事，两人各自拿了五万日元，和上次一样在诊所O做了人工流产手术。那是二〇一一年四月的事。

悲剧性的复婚

走到这一步,两人的关系有了意外的发展。那一年七月,两人重新在一起。

做完人工流产手术三个月后,爱和母亲夏美因为一些鸡毛蒜皮的事情争吵起来。这成了她和辽再次结合的契机。爱没有想清楚后果,便带着孩子们离开了西中的母亲家,匆匆忙忙地投奔辽。两人在公寓里谈了谈,决定重归于好,于是复婚了。

为什么还要选择和辽在一起呢?爱这样解释:

"辽说他这次一定会好好工作……也答应我不会再动粗。而且,家里有爸爸对孩子们来说也是一件好事嘛。真多伟也很开心……所以,我们就打算再一次一起生活。"

想想之前的婚姻生活,爱应该很清楚自己和辽的第二次婚姻绝不会顺利。果然,复婚后的生活比上一次还要荒唐。

辽只是嘴上说着要去工作,但开始打工没几天就辞职了,又开始整日浑浑噩噩、游手好闲。爱只是抱怨几句,他的反应却比之前更加激烈。拳打脚踢是家常便饭,甚至把爱打到肋骨骨折,进了医院。他对孩子们也毫不掩饰自己的愤怒，三岁的真多伟被他吓得直哭，他却对孩子怒吼道："你给我闭嘴！"

手头窘迫的辽还经常偷东西。他之前就习惯小偷小摸，这段时间更是没了底线。爱的妹妹惠子这样陈述她的感受：

"辽是个屎一样的男人。我也没少被他算计。我曾在妈妈家见过小爱一家人，说了几句话就走了，路上在便利店一摸钱包，发现里面的钱没了。我很生气，马上打电话质问小爱：'是辽偷的吧？'小爱就去找，发现辽的车子加满了油——他手头本来是没钱的。

"开什么玩笑哇——于是我跟小爱发火：'你跟辽说一说这事呀！'小爱只是'嗯'了一声，好像什么也没跟他说。也许她说了就会被打吧。所以，小爱在当月发薪水那天自掏腰包把钱还给了我。辽总是这样，让人不舒服。"

家庭暴力、偷盗成性，辽的道德品行必然存在缺陷。

即使如此，对于夫妻之间的争吵，辽依然有自己的看法：

"第一次（结婚）的时候也是，那家伙（爱）老是出轨，老是有别的男人。我还目睹过她出轨。

"具体日期我不记得了，一天半夜，她说接待公司的社长叫她去一趟，然后就出门了。我当时觉得有点奇怪，但因为要照顾孩子，只能留在家里。没过多久，朋友打我的手机，跟我说：'喂，你老婆和别的男人在一起呢。'

"我心想'搞什么呀',马上开车去了一个叫大滨的地方。那边停着一辆车,她正在车里跟我高中的朋友干那种事。那朋友就是最开始撮合我和爱在一起的山田。简直是看不起人哪!我很生气,当场大喊:'你干吗呢!'那家伙一直不吱声。

"类似的事经常发生,她肯定经常拿做招待员的工作当挡箭牌,跟其他男人乱搞。那家伙说是我破坏了这个家庭,实际上她也干了好多离谱的事。"

即使发生了这些,两人的性生活仍在继续。同居后不久,爱又怀孕了。这是她第五次怀孕。

这一次,爱也不想把孩子生下来。辽的粗暴已经惹得她很不高兴,她暗暗决定要和辽分手。她之所以仍然在公寓中生活,是对住回母亲夏美家有畏难情绪。

爱决定将胎儿流掉,但凑不齐手术费。半年前她刚做过一次手术,手头根本没钱,辽的驾照还被吊销,正重新在驾校培训。总而言之,爱只能从每个月的薪水里一点点攒钱用来做手术。

怀孕第五个月的秋天,爱来到诊所O问诊。她记得高中三年级怀孕期间,医生说人工流产手术要在孕期二十二周之前做,于是这次她想尽办法,在二十二周前准备了十万日元。

检查发现,爱怀的是双胞胎。并且诊所O只能做十二周以内的孕早期人工流产手术,超过十二周则为孕中期,附近能做这类手术的只有伊东市的综合医院妇产科。

医生告诉爱：

"孕中期人工流产手术的费用比孕早期要高，而且你怀的是双胞胎。在伊东那边的花费估计会超过四十万日元。"

医生的话令爱错愕。这么大一笔钱，她是无论怎样也凑不出来的。事已至此，除了生下孩子，没有别的办法。

二〇一二年四月，爱在医院经历难产生下双胞胎。两个婴儿都是男孩，分别取名为龙司和虎司（均为化名）。由于生产时未足月，孩子被放入保温箱中，在医院住了几周。

爱产后一周就早早出院了，她没有回辽的公寓，而是直接回了夏美那里。她实在没办法边工作边带四个孩子，于是做出了这样的决定。爱的妹妹们当然也赞成她这样做。于是，爱暂且住在母亲家中，度过产后初期的生活。此时夏美已经从西中搬到后来的案发现场高马，租下了那里的房子。爱支付租金，在一层一间四叠半大小的屋子里住下。

开始在母亲家生活后，爱又被夏美索要生活费，夏美还抢走了政府汇入补贴的存折。爱明知如此，还是要回到这个家生活，是因为除了母亲，她没有其他人可以依靠。她做接待员时结识的性伴侣有十人左右，此时却没有一个人愿意伸出援手。

不久，双胞胎兄弟出院，住进高马的家中。未曾料想到的情况发生了：双胞胎哥哥龙司天生体弱多病，经常不明原因地发高烧，且很容易呕吐。而且他有婴儿罕见的脱发症状，也许是免疫系统存在缺陷。

爱拼命照顾龙司，但出于工作原因，常常不得不拜托夏美照料他。但夏美本来就不像其他的父母那样乐于帮忙，心情好的时候，她会带龙司到市外的医院去看病，心情不好的时候就训斥爱：

"我凭什么非得做这些事不可？让我看孩子，你就要出钱！我还要更多的生活费！"

生活上的变化对爱来说想必非常严峻。尽管没日没夜地打工、做接待，对她而言，唯一需要她的只有孩子们。在家的时候，她唯一的安慰就是和孩子们的相处。

尤其是长子真多伟，四岁的他格外黏妈妈，一刻也不愿和爱分开。爱也很宠真多伟，只要和他在一起，就总会把他抱在怀里，睡觉时也搂着他直到天亮。她对其他几个孩子的爱当然也不会因此减少，偶尔会把两三个孩子一起抱到园子里玩，给他们洗澡。而龙司的病，竟然将这些每日的小确幸也夺走了。

爱无法独自面对这样的现实，从而越发沉沦于和男性的交往中。她的其中一位性伴侣山田在向法院提交的书面证词中这样写道：

"我和爱是你情我愿的性伴侣。我对她完全没有作为恋人的感情，只是在想见面的时候约她出来做爱。

"第一次见面是我做快递员的时候，那次我去她家送快递，爱跟我搭讪，说我'很可爱'，我们交换了联系方式。当时我们还没有肉体关系,我只是介绍了辽给她,后来他们结婚了。

"几年以后的一天,我在下田市内的一家居酒屋喝酒,正好遇到爱和她接待的客人也在那里喝酒。我们久违地聊了近况,我得知她和辽离婚了,当时正打工养孩子。临别前,我们交换了电话号码。爱很快就打电话联系我,我们就见面做爱了。

"通常不是我约她见面,而是她主动打电话给我。我们在下田车站前面的环岛见面,直接在车里做爱。我有时开自己的白色塞利西欧,有时开我妈妈的车。我们也去过几次居酒屋,更多的时候是见面就做爱。我没有避孕过。她跟我说'我吃避孕药了,你可以射在里面',于是我就这么做了。她说不要紧,所以我没有主动采取避孕措施。"

从搬去高马的家那段时间开始,爱一直请诊所O的医生为她开口服避孕药。她做出了改变:毕竟又生了一对双胞胎,今后可不能再怀上孩子了。

然而,爱的生活并不规律。她经常忘了吃药。一般来说,避孕药如果有一次忘记服用,第二天就要服两天的药量。爱经常懒得多吃,还不要求男方戴避孕套,再怀上孩子也不稀奇。

这段日子里,爱犯下了第一桩遗弃尸体罪。她的性伴侣中多了一个名叫藤野丈太郎(化名)的男人,爱的犯罪与这个男人的出现有关。

二〇一五年，下田

下田不愧为港口城市，白天在明晃晃的阳光下显得十分光鲜，到了晚上，风渐渐变得阴冷，城市在瞬间便露出另一副面孔。伊豆急下田站四周林立的夜总会招牌闪烁不止，站在街头，隐约能听到酒吧里的歌声。

晚上七点过后在街上渐渐聚起的人群和白天完全两样。有打扮得像暴力团伙成员的中年男人、梳着脏辫的年轻人，还有衣着过分凸显胸部线条，大约是陪酒女郎的人。

下田是伊豆半岛南部最大的城市，因此，以游客和当地男人为目标的酒水生意很有市场，年轻女性工作的娱乐室、外国人去的酒吧和年轻人云集的俱乐部等设施也一应俱全。不过这里到底是港口城市，店铺和店员都有些不雅。

出入这些地方的男女，多半是当地土生土长的不良人士。有些是经初高中的学长介绍到店里工作的，有些是来店里消遣作乐的，很多人彼此都有联系，即使不熟悉，也知道对方的长相和名字。爱晚上做接待员的时候，也会遇到许多认识的人。

走在这乡下小城的繁华街区，我总觉得似曾相识。这里和上一篇"厚木市幼童饿死白骨化案"的案发地本厚木，以及下一篇"足立区兔笼监禁虐待致死案"的案发地竹之塚未免过于相似了些。

车站附近是一大片寻欢作乐的地方，郊外的居民区则弥漫着贫穷的气息。那些没能出生在好家庭的人从高中退学，十几岁生下孩子，在夜晚的街巷做酒水生意，最终杀死亲生子女——本书介绍的三起案件都是这样的模式。如此看来，这样的环境对年轻人来说，有如一条困在黑暗中的死胡同。

这天晚上，我在繁华街区的一家日式风格的俱乐部吧台上点了一份加冰的威士忌。店里装饰着插花作品和日本人偶，空气中飘着线香的味道，纸气球样式的圆灯亮着红光。老板是一位五十来岁的女人，染着棕色的头发，一看就知道是做酒水生意的。店里除了我，没有其他客人。

促成我在审判期间抽空来这里的契机，是二〇一五年五月二十六日，静冈地方法院沼津支部的第二次公开审判中，被告回答问题时说的一段话。法官问到有关两个遇害婴儿的父亲，爱站在台前，泪眼婆娑地答道：

"（被杀掉的）孩子的父亲是谁，我也不知道……我觉得可能是某个人的，但不确定……也不知道那两个孩子是否都是他的，所以我也没法跟家里说，心想绝不能把孩子生下来。"

检察官问爱当时大概和几个男人有肉体关系，爱坦然地说出五六个男人的名字，说自己和这些人"应该是有过"。她也婉转地表明，那时还和其他多名男子保持着关系。

二〇一三年的第一起案件和二〇一四年的第二起案件之间，只相隔一年零两个月。在这样短的时间里，爱列出的男人名字几乎没有重复，职业、年龄也各不相同。夜晚的爱，令坐在旁听席的我哑然，同时，也让我对她在下田闹市的生活样貌产生了好奇。

老板从吧台里面端出盛下酒菜的小盘，在我的邀请下，往自己的杯子里也倒了啤酒。采访前，我了解到她既是这家店的经营者，又是接待公司的社长。爱之前就职的接待公司Y未向外界公开地址和联络方式，我想也许能从同行口中打探到一些消息。

隔着吧台闲谈了十分钟左右，我亮明身份，告诉她自己在调查有关高野爱的事情。下田的媒体也大张旗鼓地报道了该案件，当地恐怕早已家喻户晓。

老板抿了一口杯子里的啤酒，打开了话匣子。

"你问的是接待公司Y的高野爱吧？我知道她。那家公司的社长有可里（化名）跟着我干过，是从我这里独立出去的。所以我们打过交道。"

我夹了一点小菜，先从接待公司Y问起。

"那就是一家普通的接待公司。下田除了旅馆的宴会接待，还经常有当地企业和组织举办的活动需要接待员。公司就把接待员派过去。Y是不是既没有办公室，也没有官方网站？这类工作都是靠个人口碑接活，没必要公开的。"

她说，社长有可里在业界很出挑。

"有可里这孩子脾气很冲，嗓音沙哑，很有压迫感，蛮厉害的。她年轻的时候在我这里干活，也跟客人发生过几次冲突。但反过来说，这种有冲劲的人当社长，也许有些手段。"

老板讲起认识高野爱的经过。

"一开始她是来我们家帮忙的。夏天或者年底的旺季，到处都在开宴会，难免人手不够。这时候就会拜托其他接待公司，从人家那里借一个孩子来帮忙。我当时拜托有可里帮我找人，于是高野爱来过几次。"

接待公司之间需要保持礼尚往来，因此被其他公司派来帮忙的女孩往往都很能干，这样公司之间才能建立良好的信赖关系。将爱派去帮忙，证明社长有可里很信任她。

"高野爱是个对谁都笑容可掬的孩子。不过老实说，我对她没什么好印象。她外形并不漂亮——这倒是没办法的事，问题是她身为接待小姐却总被人灌酒。往往没到不喝就不行的地步，她却自己大口大口地喝个没完，很快就变得醉醺醺的。客人要是喜欢这口还好，要是不喜欢就可能投诉。"

老板叼着烟，静静地点了火。线香的味道中掺了烟草味。

不经意间，我看到墙上挂着女招待员们笑容满面的照片——都是二十多岁或三十出头的年纪。下田的好工作不多，所以有不少像爱这样的单身妈妈会兼职做招待员。

我边喝威士忌，边问老板对爱与男人之间的关系了解多少。

"我在很多地方听过有关她的传闻。做我们这一行的，难免会遇上那种事，但在我看来，那孩子的行为应该已经超过了正常范围。有关她的传闻，其实就是说她'滥交'。我听一起工作的女孩子说，爱好像对男人来者不拒。好像还有客人说：'是她主动和我上床的。'本地的男人应该也都听说过，也许会在背地里传话，说'那女人愿意上床'吧。"

听说常有当地的男人缠着爱。

"本地的年轻人不是常去俱乐部、酒吧、小酒馆玩吗？有些宴会续到第二场，就会去这些地方。也许爱是在这里认识那些本地男人的。男人们互相都认识，只要轻易地接受和一个人做爱，消息很快就会传开，男人们就一个接一个地凑上来。"

我想起去接待公司Y常用的二次宴会场地——一家夜总会采访时的事。夜总会小姐在卡座上陪着游客喝酒，而吧台上那群人明显是人品堪忧的当地小混混，看样子是小姐们的朋友或学长。

店里的小姐说，爱被捕前经常在收工后来店里，醉倒在沙发上呼呼大睡。不难想象，她接待的客人和坐在吧台的小混混都有可能将她"捡走"。男人们一拥而上，那架势就像熟透的果子落在地上，招来了成群的蚂蚁。肉身被啃噬得一片狼藉时，爱或许感到了一种愉悦。

我续了一杯威士忌。老板熟稔地搅碎冰块，将瓶中的琥珀色液体淋在上面。我接过酒杯，轻轻抿了一口，问她认不认识一个叫藤野丈太郎的人。老板的表情略微一沉。

"你是怎么知道丈太郎的？"

法庭上提到了他的名字，我回答。

"丈太郎以前是暴力团伙的人。很多年前他就没完没了地惹事，不是在社会上晃悠，就是进了监狱。这一带几乎没有人不知道他。他四十二三岁吧，不久前就在这附近开了一家小姐都是外国人的夜店敲诈客人，最近关了店去了大阪还是兵库来着？可能又犯了什么事，所以躲起来了吧。没错，有可里好像和丈太郎是同年级同学，这次的案子和丈太郎有什么关系吗？"

爱在法庭上列出的和自己有往来的男人之中有丈太郎的名字。现在有人认为，第一起案件中遇害的孩子，也许是她和丈太郎生的——我解释道。

老板皱着眉头问："再请我喝一杯啤酒吧？"我点头。她往杯子里倒了酒，轻声叹了一口气：

"那第一起案件中遇害的孩子还在爱肚子里的时候，我看见过爱一次。如果第一起案件发生在二〇一三年七月，那就绝不会有错……不过，因为这个孩子，我跟有可里吵了一架。"

她又点了一根烟。

"大概是那年的三月底四月初吧,我忙得不可开交,人手根本不够。于是我给有可里打电话请她帮忙,来的是高野爱。之前这孩子来过好几次,我认识她,但这次见面我吓了一跳。她的肚子明显鼓着,一看就知道怀孕了。我指着她的肚子问:'你这应该不是胖的吧?'她回答:'不好意思,我怀孕了。'看样子,怎么也有六七个月了。"

这个时间正好是第一起案件发生之前。我用威士忌润了润喉咙。老板夹着烟讲了下去:

"站在我的立场上,感觉就是'你们开什么玩笑哇'。偏要把孕妇送到其他店里帮忙,老板是不是精神不正常啊?真是太蠢了。不过,当时我也没时间换其他人来了,只好请高野爱开始工作。那天她好像也在我这里喝酒喝到很晚,我那感觉就像吃了屎一样,后来打电话给有可里冲她发火,要她别再把孕妇送到我这儿来。从那以后,我就没和高野爱打过交道了。她肯定也知道怀孕后很难继续在接待公司干下去。一般来说,怀孕后不是该少接点活吗?可她不这么做,说明她相当缺乏常识。"

让孕妇喝酒,还拽着人家陪到深夜的客人也令人瞠目结舌。我仿佛感受到了下田夜晚的疯狂。

我换了一个问题。

——媒体报道了案件,得知高野爱是嫌疑人后,你有什么感受？

"这样说你可能觉得奇怪，但我觉得'这样的案子在下田是成立的'。这就是发生在我们身边的事……东京的情况我不了解，但在下田，像高野爱这样为生活所困的单身妈妈可是数也数不清。年纪轻轻就怀了孩子，结了婚，没过几年就离婚了。在这些没工作的穷困孩子看来，似乎只能去做接待小姐找找乐子。这算是一种逃避的方式吧。"

老板盯着烟尖，继续挑选合适的词语。

"我想，通过案件知道高野爱，觉得自己和她一样的女孩，下田应该有很多吧。不过，这可能也和现在的时代有关系——两个婴儿被杀的案件，在下田都没溅起多大的水花。至少我觉得这件事不是和我毫无关系，所以听到这个话题就有点怕。仔细了解案件的细节，就仿佛在凝视堕落的自己。"

我握着杯子，沉默不语。脑海中忽然掠过好几件婴儿被杀案。这样的案件，媒体每年都有报道，过了不多久就会被人们忘却。

女高中生在公共厕所产下婴儿后弃之不顾，年轻女性将自己的孩子扔到垃圾站，未婚女性将带着脐带的婴儿放在妇产医院门口后离开……在我对高野爱的案件进行采访时，爱媛县也有一起案件浮出水面：三十岁出头的无业女性杀了五个哺乳期的孩子，之后销声匿迹。

几乎每隔几个月，报纸或电视上就会报道类似的案子，但没有哪次引起社会热议，最后都慢慢平息了。这些案件离大多数年轻人都很近，他们越想越会将案情和自己的状况联系到一起。媒体的报道难以一石激起千层浪，或许与这一背景不无关系。

老板注视着自己吐出的烟圈道：

"唉，我也没资格对别人说三道四，我们都是同一类女人。"

她自己开了店，还经营着接待公司，为什么会这样说？我询问个中缘由，她自嘲似的轻笑一声，说道：

"我也是含辛茹苦地将孩子带大的。我那会儿可真是，什么事都干过了。但儿子好容易长大成人，马上就要继承我这家店了，突然发生了一起事故，导致他高位截瘫，脖子以下都动不了了。现在连上厕所、吃饭都不能自理。千辛万苦走到了这一步，可今后，我还是要照顾那孩子一辈子呀……"

老板叹着气，在烟灰缸里摁灭了烟，喝光了杯子里的啤酒。我等着她继续说下去，但她似乎无意再开口了。

店里没放音乐，此刻安静得让人难受。我试图用威士忌冲淡喉咙口的苦涩，却始终觉得有什么东西堵在那里。

怪物之子

爱和藤野丈太郎在二〇一二年的春天相遇。

那天，爱的接待工作从傍晚开始，结束得比平时稍早些，她便去下田站前面的小酒馆，向接待公司Y的社长有可里汇报当日的工作。有可里大概觉得现在就送爱回家还有点早，便邀她去了附近的一家酒吧。丈太郎正好在场。

丈太郎是个身高一米八以上，体重超过两百斤的壮汉。从背到腰，乃至腿上都有大片刺青，当地人忌惮地形容他是"喝了酒会用刀子捅人的男人"。他脖子上总是挂着一条金光闪闪的链子，头上剃得青光锃亮，一看就知道是暴力团伙的人。

爱也知道关于丈太郎的那些不好的传闻，想尽量不和他扯上关系。但有可里介绍她和丈太郎认识，三人在一张桌上喝酒，丈太郎问爱要联系方式，她也只好给了。丈太郎接近爱，可能是听人们说过她滥交吧。那天之后，他频频打电话约爱见面，不问爱的意思就强行和她发生性关系。爱拒绝不掉，每次被约都答应下来。

熟悉丈太郎的人如是说：

"丈太郎是个怪物一般胡作非为的家伙。对方不接他的电话，他甚至会放火烧人家的屋子。在餐厅也全是吃霸王餐。都是在场的其他人帮他付账，如果没人付账，店家也不敢说什么。他就是这样，下田的人全都顺着他。

"高野爱估计也是一样。丈太郎把她叫出来，说要上床，她肯定没法推说不愿意。只要发生了一次肉体关系，丈太郎就会拿她当性工具，利用到腻歪为止。她当时大概没办法脱身吧。"

随着调查的深入，我越发看清了丈太郎这种旁若无人的举动。有一件事可以如实地折射出爱和丈太郎当时的关系。

两人认识那年的十一月，一件令人难过的事发生了：爱生下的双胞胎哥哥龙司刚刚半岁多，却突然离世。一天，爱要叫醒趴着睡觉的龙司，发现他浑身冰冷，已经没了呼吸。爱立刻将龙司送到医院，但医生确认他已经死亡。警方解剖了尸体，却未找到死因。

爱的家人在高马的家中讨论是否要为龙司举办葬礼。爱一直住在母亲家，钱都被夏美抢走了，手头没有积蓄，消极地认为"怎么可能办得了葬礼"。然而，惠子和文子坚持要办："龙司是姐姐的孩子呀，就要与他分别了，好歹也要为他办一场葬礼。"于是爱向亲戚借了大约二十万日元办了葬礼，其中一部分钱是跟夏美借的。

守灵当晚很冷清，爱给龙司盖好被子，一直陪在他身旁，不让香火熄灭。谁知到了半夜，一辆出租车停在家门口，喝得烂醉的丈太郎从车上下来，满身酒臭，自顾自地走到家里来。

爱的亲戚告诉我：

"丈太郎闯进来之后，净是嚷嚷一些莫名其妙的话。什么把项链从十字架上解开就会死之类的，听得人一头雾水。还从衣兜里掏出一些药给大家，说：'吃吧，这是镇静剂，吃完就轻松了。'我们担心是毒品，具体是什么就不知道了。爱连打发他走的话都说不出口，一脸不知所措。

"丈太郎胡闹了一通，突然说：'我困了，睡觉！'然后就钻进龙司的被子里，要和龙司的尸体睡在一起。爱和文子实在看不下去了，哭着求他：'龙司太可怜了，请不要这样。'但丈太郎不管不顾地说了句'少啰唆！'，就真的睡着了。

"没过多久，出租车司机过来接他。那司机就像丈太郎的跟班，经常被丈太郎叫出来，免费载他去各种地方。丈太郎被司机叫醒，好像很生气，就说：'你还没给龙司上香吧！'司机没搞清状况，不发一言，丈太郎就对他拳打脚踢，怪他没有道歉。守灵的仪式被他搅得乱七八糟。爱遇上这些事，却连一句抱怨的话都说不出口。

"丈太郎发火的理由？哪会有什么理由呢？他一直都是这样。所以你应该能想象了吧，爱就是这样听任丈太郎的摆布。她一定认为只要顶嘴就会被痛打。"

一个怪物般的男人缠住了爱夜晚的生活。第一起案件就是在这样的背景下发生的。

新年刚过,爱就发现月经停了。她怀孕了。和自己发生过肉体关系的男人的脸依次在她脑海中闪过,从夏天到秋天,与她发生关系最频繁的人是丈太郎。孩子也许是他的……

爱没和任何人说过自己和丈太郎的事,如果告诉家人,摆明了会挨骂:"为什么偏要和那样的人上床!"当然,她也不确定告诉丈太郎会发生什么。她能做的只是默不作声地打掉孩子,若无其事地把事情解决。但她为了办龙司的葬礼,已经借了很多钱,手里一点余钱也没有。

惠子替姐姐说出了此时的心境:

"小爱那时候一定很痛苦吧。妈妈和姨母都指望不上,又觉得自己怀的是丈太郎的孩子,也不敢告诉我们两个妹妹。虽说这也是她和各种男人乱搞的报应吧……

"她从小就习惯自己解决问题,一旦发现解决不了,大脑就一片空白。或者说,就停止了思考。她就会当一切都没发生过。我猜她那时候也是这样吧。"

一个月、两个月过去了,爱无法告诉家人和朋友自己怀孕的事。她在法庭上说:"起初我很苦恼,一直在想怎么办,但渐渐地也就不去想了。"恐怕她像惠子说的那样,陷入了"停止思考"的状态吧。

随着月份越来越大，爱的肚子也渐渐大了。但爱无论如何也不想被家人知道，就坚持说是"最近胖了"。夏美、惠子、文子和几个孩子谁都没发现她怀孕，或许和她的说辞有关。

读者朋友也许会产生一个疑问：前面写到，接待公司的老板都一眼看穿了，爱的家人怎么会不知道呢？这恐怕和爱穿的衣服有关。接待公司的工作需要穿指定的紧身衣服，穿上后腰身的线条一目了然。我也看到了爱生产前一个月穿着制服拍的照片，肚子鼓得很明显。

而爱在家里总穿着乔纳森的制服和围裙，而且早上六点多就离开家，回到家时已经是深夜了。夏美的性格又大大咧咧，没发现爱怀孕倒也不稀奇。

不过，爱已经是三个孩子的母亲，不管怎么隐瞒事实，她应该也知道分娩的日子终究会到来。她这样描述自己当时的心境：

"我当时一直想：怎么办，怎么办呢……前几次生孩子的时候都用了药，好像是叫助产剂吧？我一直以为自己的身体不用药就生不下来。所以这次也担心孩子会不会出不来，最后还要被送去医院。

"我知道要是去了医院，肯定就露馅了。但妈妈、妹妹们都很善良，到时候也就会顺其自然地接受（生孩子的事）吧。然后大家就一起把孩子养大。"

之前遇到困难时,爱一定也是用这种模式思考的——总会有办法的,一定会有人帮忙的。

可生孩子哪像她想的那么简单呢?

"天花板上的孩子"

二〇一三年七月的一天,爱开始阵痛。具体的日期她记不住了,据说是从乔纳森下班,回到高马的家中休息的一个晚上。根据之前的经验,她意识到这每隔几分钟便袭来的剧烈疼痛一定是阵痛,无论是否愿意,自己终于不得不面对逃避已久的事实了。

爱撇下在客厅玩耍的孩子们,把自己关在那间四叠半大小的屋子里,躺在被褥上强忍疼痛,无助的情绪不停地在脑海中窜动:"怎么办,怎么办?"夏美就在隔壁,但到这个地步才和她说,只怕会惹来不必要的愤怒。爱没有勇气和她挑明。

夜深了,孩子们揉着眼睛,困倦地进了房间。爱强装平静地关了灯,哄着他们躺下来睡觉。这期间,阵痛也像波浪般袭来。从原先的三分钟一次变成两分钟一次,最后变成一分钟一次。零点过后,宫口开了,爱疼得躺都躺不住,仍然咬紧牙关,不让睡在身旁的孩子们和在客厅的夏美察觉。

凌晨一点左右,疼痛达到极限。爱感到孩子就要出来了,心想"大概能生下来"。她扯下内裤,下腹部猛地发力。随即传来

"咚"的一声，一大块东西和羊水一起，滚落在被褥上。

爱瘫在那里，动弹不得，也顾不上看一眼刚生下来的孩子，等到下腹慢慢聚起了力量，才试着撑起身子。虽然光线昏暗，但还是能看到沾着血的被褥上躺着一个婴儿。然而，婴儿好像"看不出在哭，也没有动"。

爱低着头，呆呆地望了婴儿一会儿，可婴儿始终没有发出宣告出世的啼哭。爱随意地理解为"孩子死了"。接着，她看到一无所知地睡在旁边的孩子们，心想："要把婴儿藏起来，不能让大家看到。"

她挤出所剩无几的力气站起来，一面用余光确认孩子们没有醒，一面用被单把婴儿裹住。但她觉得这样还不够，又在被单外面缠了一层当小毯子用的浴巾。假如婴儿原本尚有呼吸，那时肯定也窒息了。

接下来要做的，是将裹好的婴儿处理掉。爱意识到自己的下半身有血，于是用一件吊带背心擦去了血。然后找来一只透明的大塑料袋，将婴儿和背心一股脑地装进去，紧紧扎住袋口。然而此时，她已经没有力气把袋子扔到外面了，就连站着都很吃力。她思索了一番，最后决定先把袋子藏在壁橱的抽屉里。

做完这一切，爱又看了看四周，几个孩子睡得香甜，其他房间也很安静。"明天再考虑怎么处理这个婴儿吧。"——疲惫已极的她昏厥般倒在被褥上，陷入了深深的睡眠，一直睡到了天亮。

爱只睡了三四个小时，第二天早上六点就醒了。她扔下藏在抽屉里的婴儿，和往常一样去打工了。一般的产妇在生产后，要住院五天左右恢复体力，那几天的工作，爱恐怕是拼着一口气强撑下来的吧。

在乔纳森上班的时候，爱也一直担心："抽屉里的婴儿要是腐烂了，孩子们可能会闻到味道。"

傍晚下班后，爱匆匆回到高马的家。孩子们还没从学校或保育园回来，夏美也在便当店打工，家里没有别人。爱在屋子里找了一圈，翻出一只白色的泡沫塑料箱（长三十厘米，宽四十厘米，高三十厘米）。把婴儿放到这里面，就至少不会被人发现。

她把箱子搬到自己的房间里，把藏在抽屉里的婴儿尸体连着塑料袋一起塞进箱子。但若只是盖上盖子，尸体腐烂后还是会散发气味。于是，爱用家里的胶带把盖子贴牢，密封起来。

接下来的问题就是，该把箱子藏到哪里。不能放在孩子们能碰到的地方。爱环视房间，偶然看到壁橱上方的天花板掀开了一点。放到那上面应该可以——于是，爱蹬着壁橱中间的板子，把装着尸体的泡沫箱塞到了天花板上面。

从那以后，爱便过着头顶上有婴儿尸体的生活。不过，她为何要把尸体放在家里呢？住处附近有山，也有森林，假如把尸体埋到外面的某个地方，就不必担心味道的问题，被人发现的可能性也很低。

根据爱在法庭上的供述,她似乎也知道"这样处理'天花板上的孩子'不是办法"。但事到如今,更不可能向家人摊牌,她担心自己如果被警察抓走,"坐了牢就见不到孩子们了"。她也想过埋掉尸体,可想到"婴儿要是被狗之类的动物发现,刨出来吃掉就太可怜了",就犹豫了。据说她这样困惑了好几周后,又像之前习惯的那样停止了思考,箱子也就留在了天花板上。

但即使将泡沫箱藏在天花板上,当时正是七八月份,尸体不过几天必然会散发令人作呕的恶臭。实际上,尸体被警方发现时的确已经烂得像一摊泥浆,连性别都分不出来。为何当时一家人谁都没闻到腐烂的味道呢?

在母亲夏美看来,没人发现异状也是有理由的。据说那个四叠半大小的房间里原本就像垃圾场一样,充满恶臭。

"爱这孩子从小就不会收拾屋子!屋里真是又脏又乱。没吃完的饭、沾着屎的纸尿裤、没喝完的果汁丢得到处都是,臭不可闻。

"我跟爱发了好几次火呢!我说:'你为什么把家里搞得这么脏?赶快给我收拾干净,这样下去屋里都要臭了。'爱只是答应,却根本不干活。实在忍不下去的时候,我还给她买过垃圾桶呢。最后那孩子直接把垃圾堆在垃圾桶上面了。

"情况摆在这里,如果我还非要对每件事都发火,累的不是我自己吗?!所以我跟她说:'你房间的门以后就不要开了!平时给我一直关着!'后来爱总是关着门,味道就没那么大了。"

妹妹们也承认爱很邋遢："她的房间又脏又臭，所以我没进去过。"

如果沾着排泄物的纸尿裤也长时间放在屋里，当然会散发出令人作呕的臭气。既然垃圾在四叠半大小的房间里堆成了山，常人在这里恐怕都难以呼吸。并且不得不说，扔在屋里的大量垃圾不仅导致尸体很久才被发现，还引发了第二起案件。

爱被捕后，警方将藏在天花板上的尸体送至滨松医科大学，进行尸检和DNA鉴定。事实出人意料。爱以为这个死去的婴儿的父亲是丈太郎，但这只是她单方面的想法，真正的父亲另有他人。

婴儿的父亲，是曾在邮局打工，并介绍爱和辽认识的山田逸平。就是那个和爱偶然在居酒屋邂逅，并发生了肉体关系的人。他在提交给法院的书面证词中称："我和爱是你情我愿的性伴侣。"

假如事先得知孩子的父亲是山田，是否能避免悲剧的发生呢？山田这样说：

"我们见面就是为了做爱，没有深聊过。我没听她说过怀孕和孩子出世的事。不过我想，把孩子生下来我也没办法抚养，所以就算她告诉了我，我应该也会让她把孩子流掉。"

"我只是胖了!"

第一起案件发生后,暑假紧跟着到了。爱一家租住在高马的房子里,过着和平时没有两样的平稳日子。大山里油蝉的叫声响亮得吵人,凤蝶、铜花金龟等各种虫子飞来飞去。夏美最小的两个孩子和爱的三个孩子每天都结伴去抓虫子,玩得很开心。

既没有打工,也不和男人约会的日子里,爱很享受在四叠半大小的房间里和孩子们相处。真多伟已经五岁了,不但没有和母亲产生距离感,反而像变回了婴儿似的,更加离不开爱了。无论是买东西、吃饭,还是睡觉,他都缠着爱,不住地念叨着:"妈妈呀,妈妈。"稍微觉得寂寞,就要爱抱着他。爱晚上出门工作时,他甚至会追到大门口,哭着叫她"别走"。

爱很疼真多伟,疼得捧在手心里都怕化了。她在家里也拉着真多伟的小手,无论真多伟怎么任性都迁就他。她总是给真多伟买最多的衣服,买他最爱吃的点心,热得睡不着的晚上,会一直给他扇扇子。当然,爱做这一切的时候,"天花板上的孩子"还一直躺在天花板上。

邻居们这样说道：

"真是想都想不到会发生那样的事。直到案发之前的那天，一切都还一如往常呢。暑假的早上，会有人在后面的神社里放广播体操的音乐，孩子们的妈妈（爱）开车带孩子们过去，一直看着他们做完操。她晚上要外出工作，所以在车里等的时候显得有些疲倦，除此以外看不出什么异常啊。当然，她不参加当地活动，平时有点邋遢，不过一说这些，孩子们的姥姥（夏美）就很生气，这倒让人觉得奇怪。"

暑假结束后，爱的身体恢复了。仿佛等待已久似的，她又沉溺于和不固定的多个男人做爱的生活，就像忘了"天花板上的孩子"一样。而且，这次和她做爱的男人几乎和第一起案件发生前的那一批人没有重复。就算做的是酒水生意，但爱平时如此忙碌，到底是怎么认识这么多异性的呢？

妹妹惠子说出了她的猜测：

"下田的家庭餐厅只有乔纳森一家，地点又在海边，位置非常好。所以这里的人想外食，基本都会去那家店。接待工作的客人大多是当地人，也许常有人去乔纳森的时候又碰上了小爱——'啊，这不是上次宴会上见过的那女孩吗？'然后他们可能就交换了联系方式，约出来见面了吧。"

大多数和爱套近乎的男人都以性交为目的，这是爱的不幸。虽说这种事一个巴掌拍不响，既然她答应下来也没什么好同情的，但其中也有极少数认真考虑过和她共度未来的男人。高木恭一（化名）便是如此。

高木是伊豆半岛某城市地产商的儿子。毕业后在当地做公务员，身边的人都说他很诚实。他和爱是二〇一三年一月认识的，当时高木被职场上的朋友邀请去下田站前面的居酒屋参加三对三的联谊活动，爱也在场。

联谊时，爱没有隐瞒自己离过婚并有孩子的事实，高木并不在意爱的过去，觉得她是一个"笑容可掬的开朗女孩"。一行人在居酒屋喝了酒，又去了卡拉OK。两人仅在唱歌时交换了联系方式，但联谊结束后有发消息联系彼此，并开始约会。

起初两人大概一个月见一次面，半年多之后才发展到肉体关系。对爱来说，这段关系相当慢热。不过第一起案件发生在七月，所以和高木交往时，她大概因为有孕在身而尽量避免性交。身体恢复后，她开始频繁和高木幽会，仿佛在发泄积蓄已久的欲望。

高木沉醉于这场恋情。他的工作是轮班制，工作三天，休息一天。从他的住处到下田有两三小时的车程，每到休息日，他必定开着车风风火火地来下田和爱见面。二〇一三年的年末，他甚至考虑过和爱结婚。

爱也感受到了高木的心意，她带高木回家，将他介绍给母亲和妹妹们，交往中让高木了解了自己的家庭。采访时，爱的两个妹妹异口同声地称"高木是个很好的人"，我也和高木谈了谈，感觉他的思维方式和行为举止都很靠谱。

假如爱能早一些遇到高木，悲惨的案件是否就不会发生呢？假如她和高木结了婚，想必生活不会穷困，她也能离开高马的家，过上小家庭的生活。

但那时，爱已经将婴儿的尸体藏在天花板上，无法走回平凡的人生道路了。每当高木和她谈起未来，她的脑子里就闪过那个天花板上的孩子，随即便主动转换了话题。爱仿佛觉得，自己已经无法在阳光普照的地方生活了。此外，她在和高木的交往过程中，仍旧和工作中认识的男人们一起去情人旅馆。

二〇一四年二月，爱发现自己第七次怀孕。又是忘了吃避孕药导致的。孩子的父亲应该是年末和她发生关系的某个人，但除了高木，她还能列举出五六个人，无法确定到底是谁。

爱这样形容她当时的心情：

"我很为难，因为不知道孩子的父亲是谁……想不好要怎么处理。不过，我想到了天花板上的孩子。我想我把那个孩子藏在那么糟糕的地方，要是把之后怀上的孩子生下来养大，（天花板上的孩子）就很可怜……所以，我觉得这个孩子也不该出生。"

有了第一起案件的痛苦经历，这一次爱无论如何也想在医院把孩子流掉。但这时，她依然没有积蓄。

四月十四日，她去了诊所O。过了两个月才去，是她再三考虑的结果。乔纳森每月十五日发薪，爱和母亲约定从十万日元左右的薪水中给母亲五万。她打算告诉母亲自己怀孕的事，用这笔钱做手术，晚一些再给母亲钱。不过，如果单方面求母亲帮忙，明摆着会被母亲骂个狗血喷头。而四月份她会收到政府每四个月发一次的育儿补助，爱以为四月提出要求，夏美应该能答应。

发薪日的前一天，爱先去诊所O做了检查。如果在当天预约，最早第二天就可以做手术了。然而，为她做检查的医生说：

"孕期已经十八周了呀。孕早期人工流产手术要在十二周之前做，我们这里现在做不了啦。你要是再早点来就好了……之前也说过，孕中期人工流产手术要在伊东的医院做。我给你写介绍信吧。"

医生的话有如当头一棒。爱想起上次医生建议她去伊东市的医院接受孕中期手术时说过，费用会超过四十万日元。这次怀的不是双胞胎，应该不至于有如此大的开销，但肯定比孕早期手术的费用高出不少。她很可能凑不齐这笔钱。

爱失望地离开诊所O，再没有去任何一家医院。她和上次一样在犹豫中迷失了方向，而肚子就在她迷茫期间一天天大了起来。

和去年不同，这次爱的家人发现她怀孕了。最早发现的是爱同母异父、正在上初中的弟弟。由于一大家子住在一起，孩子很多，洗澡通常是上一个人还没洗完，下一个人就进了浴室。一天，爱洗澡的时候，弟弟打开了浴室的门，一眼就看出爱怀孕了。弟弟离开浴室，告诉了母亲夏美。

"姐姐的肚子变大了！好像怀宝宝了！"

夏美吓了一跳，一看洗完澡的爱，腰身果然胖了不少，于是问她是不是怀孕了。爱撒谎道：

"没有哇，我只是胖了。"

"但你的肚子凸出来了呀。"

"说了是胖的啦！我怎么可能怀孕呢？别管我啦！"

平时沉默寡言的爱，这时却大声否认。听她这样说，夏美也无法反驳，只回应了一句"是吗"。

但快到七月时，爱的肚子明显隆起，谁看了都知道她一定是怀孕了。夏美也确信自己猜得没错，问了爱好几次："你这不就是怀孕了吗？""有去医院看过吗？"即便如此，爱依然拒绝承认，一味地坚称："我只是胖了！"

异常坚决的否认，反而让夏美觉得其中另有隐情。爱从小就没有和她商量过什么，夏美想到一个办法，她叫来惠子和文子，和她们交代了事情经过，让她们去问个究竟。母亲以为，爱会对两个妹妹说出真相。

惠子回忆起当时的情景：

"妈妈确实找我谈过。她说小爱好像怀孕了，但坚决不承认，让我替她问问。

"当时我的小孩和小爱的孩子在同一所保育园，每天接送孩子时我们都会见面。我仔细观察，发现她的肚子果然大了。我也跟文子说过：'她绝对是怀孕了！'大家肯定都知道了。

"我第一次直接问小爱，好像是马上要进入夏天的时候。如果上来就问，她肯定会像妈妈问她时一样否认，于是我若无其事地打听：'啊，你怀上孩子啦。是高木的孩子吗？打算取什么名字？'结果小爱没好气地回答说：'我就是胖了。'我就想：唉，她还是不打算说实话。

"那我肯定会想很多，比如：这孩子是不是高木的？他们打不打算结婚？等等。我还试着换过问法：'要是生了女孩，就送给我养吧。'但小爱只是说：'我没怀孕！'看样子还很生气。所以我和文子商量后觉得，还是先别问么多了。反正迟早有一天姐姐会跟我们说清楚的，干脆等她说算了。我们当时就是这么想的，所以，完全没想过会发生那样的事。"

当时和爱交往的高木，也曾怀疑爱有孕在身。爱分娩前几天两人还做过爱，高木切实地发现了爱身体的变化。面对高木的疑问，爱像对家人一样坚决否认，做爱的时候也没脱上衣。

高木说："我也觉得她肚子的大小不太正常，一直怀疑她是不是怀孕了。于是有一天我鼓起勇气问了：'你是不是怀上了？'

"小爱说：'我只是胖了啦！'显得有点生气。如果继续逼问，我怕她掉头就走，也不知道问到什么程度合适，就没有再问。

"当然，我心里是一直打着问号的。之所以没有问清楚，主要是因为我性格软弱。我挺后悔的，如果当时问清楚了，案件就不会发生了。"

高木没能多问的背后，或许是也存在疑虑——如果肚子里的孩子不是自己的怎么办？无论如何，爱的母亲、妹妹、恋人都因为她的彻底否认而不得不陷入沉默。

挺着快要胀破的肚子时，爱在想什么呢？她在法庭上如是说：

"（隐瞒怀孕的）理由我也说不清楚……既不知道孩子的父亲是谁，又没有钱，总之就一直在问自己：怎么办，怎么办？

"但我那时很烦躁……如果把孩子生下来了，是不是也得把这个孩子藏起来？我不知道。天花板上的孩子已经是那个样子，我却把这个孩子养大，这不是很不公平吗？天花板上的孩子一个人很孤单，所以我是不是应该把这个孩子也藏起来？想到这些，我就很烦躁。"

"壁橱里的孩子"

命定的那一天来到了。二〇一四年九月二十日,周六,最高气温二十一点四摄氏度,天气是这个季节该有的晴朗。

这天早上,爱和往常一样早上六点多点就到乔纳森上班。六点半开店,随着时间的流逝,座位渐渐被客人填满。这一天又是休息日,有不少客人是一家人来店里吃早餐的。

爱大着肚子在店里走来走去,给客人点单、送餐。上午九点,店里开始拥挤。爱接待客人时,突然感到下腹部"扑哧一下,有一些像水一样的奇怪东西流了下来,我根本控制不住"。羊水破了,从两腿之间流下来,立刻浸湿了爱的内裤和制服裤子。

爱冲进后厨,只见裤子已被打湿,颜色都变了。下腹部很快开始疼痛,她明白,是阵痛开始了。想到这样肯定撑不到傍晚,爱叫来了店长。

"不好意思,我怀孕了……好像破水了……"

在此之前,爱也没对店长说过自己怀孕的事。店长也惊呆了。

"真……真的吗?那你快去医院吧。"

"不好意思……"

爱再三道歉,连衣服也没换就抱着包逃也似的离开了乔纳森,钻进停在店后面停车场的车子里。

离开乔纳森后,爱没去医院,直接回了高马的家。夏美已经去便当店打工了,上小学的女儿万梨阿和夏美的小女儿待在家里。两人见爱突然回来,吃惊地问:"怎么了?"爱随意应付了她们几句:

"妈妈尿裤子了,内裤湿了,所以回来换一下。"

两个孩子相视而笑:

"咦,大人还尿裤子,好奇怪呀!"

如果继续待在家里,孩子们肯定觉得奇怪,说不定会告诉夏美。爱换了衣服,不动声色地对万梨阿说:"我回去工作了。"然后便驾车离开了家。

她将车开到位于家和伊豆急下田站中间的一座公园旁边,忍耐着隔几分钟便袭来的阵痛。那是休息日的中午,公园里不时传来父母亲带孩子玩耍的欢笑声,爱放下驾驶座的座椅,每当阵痛袭来,就蜷着身子默默忍耐。

没多久,店长用LINE[1]给爱发来消息:"安顿好后联系我。"店里人手不足,恐怕现在忙得不可开交。但此时此刻,爱实在没法

---

[1] LINE:韩国互联网集团NHN推出的一款即时通信软件。

回去工作。

两次阵痛之间,爱给店长打了一通电话:

"现在我在医院。我怀的好像是死胎……所以,今天没法回店里了。请允许我请假休息。"

审判时,爱辩称当时那样说只是一种随机应变的反应,但从这通电话的内容来看,她在那时已经或多或少地有了杀害婴儿的想法。

店长回答:"是吗?我明白了。你也很难过吧……总之接下来的一周我会自己想办法的,你好好休息。如果有什么变数再和我联系。"

挂掉电话后,爱又给高木打去电话。两人原本要在那天晚上约会。她对高木说:"今天我不舒服,咱们别见面了吧?实在对不起。"高木隐约觉得不太寻常,安慰她道:"好吧。只要你别太勉强自己就好。"

爱将车停在公园旁边后,又想起下午一点半要去保育园接两个儿子。保育园规定必须母亲亲自去接,不会把孩子交给其他人。她擦掉满身大汗,回了一次家,接上女儿万梨阿,直接开去保育园。

来到保育园时,阵痛已经缩短到几分钟一次,爱不确定自己能平安无事地将儿子接回来。万一半路上痛得站不起来,可能被保育士或其他大人发现。于是她拜托万梨阿帮忙。

"对不起呀，妈妈不太舒服，你能不能去把他们两个接回来？如果老师不放人，妈妈再去。"

"嗯，好哇。"万梨阿下了车，跑进保育园。没多久，保育士就带着三个孩子过来了。保育士询问爱的身体状况，她笑着回答"嗯，没什么事"，让孩子们上车后立刻开车离开。他们半途去了一趟便利店，爱把钱包给万梨阿，让她买了些晚上想吃的东西，然后带孩子们回了家。

此时夏美已经结束了便当店的工作，回家了。惠子的孩子来家里玩，说今晚要住下来。爱几乎没和家人交谈，将孩子们放在客厅，就匆匆地走进四叠半大小的房间，把自己独自关在里面。

到了傍晚，房里的光线渐渐暗淡下来。爱躺在被褥上，把毛巾被咬在嘴里，勉力让自己不出声音，忍耐着阵痛。脑海中偶尔闪过的念头是："要是现在生下来，就会让妈妈知道了。"但阵痛只是愈演愈烈，她迟迟没有要生的迹象。

到了晚饭时间，爱的孩子们在客厅吃了些从便利店买来的零食，又分着吃了些夏美的孩子吃剩的东西。在此期间爱一直躺着，没出房门一步。过了一会儿，夏美打开门，探头进来：

"我好像听到一些奇怪的声音，你怎么了？"

爱以为自己没有出声，却在恍惚中不自觉地发出了呻吟。她躺在被褥上回答：

"我不舒服，别管我。"

"啊，好吧。"夏美没太放在心上，关上门回了客厅。孩子们也进过房间几次，每次爱都只能说："我生病了，你们别待在这儿。"后来惠子也来到家里，客厅里不时传来欢声笑语。

晚上十一点过后，三个孩子在客厅玩累了，一个接一个地回了房间。地上铺着三床被褥，一床是爱和虎司平时睡的，另外两床分别是万梨阿和真多伟的。爱忍着痛勉强哄三个孩子睡下，又继续扭着身子忍耐新的疼痛。

夏美最后一次来看爱的状况，是孩子们睡下后不久。她又一次隔着墙听到了爱的呻吟，于是开门看了看，嫌弃地说道：

"你好吵哇！还是不舒服吗？"

"嗯……"

"要不然去医院吧？"

"不用，我躺一会儿就好了。"

"那就给我安静一点！"

夏美相信了女儿的话，没去想女儿的呻吟也许源于阵痛。零点过后，她回到客厅，和惠子的孩子一起睡了。

到了深夜，孩子还没有要出生的迹象。阵痛已经持续了十五个小时之多，爱的体力和精神都已濒临极限。凌晨一点左右，万梨阿醒来，生气地丢下一句"妈妈你好吵！"，就去客厅和夏美一起睡了。这时，爱才意识到自己的呻吟声很大。这样下去其他孩子也会被吵醒。想到这些，爱在凌晨两点走出家门，躺在车里的驾驶座上苦熬了一个多小时，狭小的空间令身体更加难受。三点，她又回到自己的房间。

刚回到屋里，就正式进入了产程。爱躺在万梨阿的被褥上，心想时候终于到了，于是脱下内裤，换成趴卧的姿势，用四肢撑起身体。她觉得这个姿势最能缓解疼痛。

爱咬紧牙关，腹部发力试了很多次，每次都仿佛拼尽了身体里的最后一丝力气。她感到宫口张开，孩子开始一点点往下走，心想胜利就在眼前，再次发力时，婴儿经过产道，落在被褥上。第二天，夏美看到房间的墙上有血，这说明分娩时出了很多血，也许溅得四处都是。

爱慢慢撑起身子，看了一眼被褥。一个浑身是血的婴儿躺在那里，"小手小脚微弱地动着"。意识朦胧之间，爱想："还活着……"如果这样放着不管，说不定婴儿会大声啼哭。那样的话，全家都会乱成一团。必须扼住婴儿的喉咙——

爱拿起旁边的毛巾被盖住婴儿，"双手隔着被子用力掐住孩子的脖颈"。她接触到婴儿"暖暖的"体温，感觉孩子"在被子下面挣动"，却仍旧没有停手。隔着毛巾被掐了孩子"一两分钟"后，婴儿终于不再动弹。

片刻的安心后，爱再次感到腹部的疼痛。"我以为肚子里还有一个孩子，又一用力"，绀紫的胎盘在婴儿娩出后从产道滑落。脐带还未脱离母体，婴儿就被杀害了。

尽管爱随时都想躺下来休息，但她还有一个任务：必须把血淋淋的被褥上的婴儿和胎盘藏起来。这次是她亲自下手掐死的婴儿。

她穿上裤子走出房间，穿过夏美睡觉的客厅来到厨房，拿来一只大号塑料垃圾袋，打算用和上次一样的方法收拾现场。回到屋里，她将婴儿、毛巾被和胎盘装进袋子，紧紧扎住袋口。

要把袋子藏到哪里呢？去年是将死去的婴儿放在天花板上，但现在夜深人静，爬上壁橱时如果发出声音，就会被家人发现。于是她将装有尸体的塑料袋塞进壁橱装衣服的箱子里，在上面盖了衣服藏好，打算暂时这样处理，有机会再来收拾。

表针已经指向凌晨四点，要不了多久，东方的天空就会泛白，大山深处就会传来鸟叫。爱连溅到墙上的血也没擦，直接倒在沾有血污的被褥上陷入了沉睡，仿佛刚才经历的一切都是一场梦。

第二天是周日，早上夏美在客厅醒来时，爱的长女万梨阿已经起床了。夏美想起昨天晚上的事，问万梨阿爱怎么样了。万梨阿满不在乎地回答：

"她在房间睡觉呢。"

夏美将房门开了一条小缝向里窥看，爱正躺在被子里睡觉。夏美看到墙上和毛巾上有一点血，心想：原来她昨天那么难受，是因为生理期呀。然后便关上了房门。

爱醒来时已经是中午了。她之前几乎油尽灯枯，那一觉睡得和晕过去没什么区别。孩子们在客厅玩耍，声音吵嚷。爱觉得下腹很痛，她想起店长说过，自己可以休息一段时间。

体力恢复到一定程度后，爱拿出手机打给了高木。前一天听说爱身体不适的高木担心地问她："你还好吗？"

"昨天实在抱歉。不过，现在已经没事了。我因为生病瘦了好多，下次见面的时候，你可能会吓一跳的。"爱这样回答。

为了让高木看到自己突然瘦下去的肚子时不起疑，爱撒谎说自己生病瘦了。

她接着说道："那我们下次约在什么时候？"

"什么下次？"

"下次出去玩的日子呀。昨天的约会取消了，所以我想约好下次见面的时间。我们去唐吉诃德[1]买东西吧。"

也许爱希望通过和高木的相处，逃避面对"壁橱里的孩子"。

这个周日过去后的第十一天，爱被警方逮捕。

案发时在壁橱中发现的孩子，是体重为三千零二百克的女婴。DNA 鉴定的结果表明，孩子的父亲是高木。

---

[1] 唐吉诃德：日本跨国连锁折扣店，以价格便宜闻名，营业时间较长，销售货品种类包罗万象。

二〇一五年，沼津

五月二十九日，静冈县沼津市的天空晴朗而透彻。狩野川河畔繁花盛开，雌雄蜻蜓交缠着身体，随着风的方向飞舞。

这天下午，静冈地方法院沼津支部将宣布对高野爱的判决。沼津位于伊豆半岛西侧与本州岛的连接处，这座大城市不仅有许多大企业的分社，还有很多国家级或县级的驻外机构。爱所在的看守所也位于沼津。

我租了一辆车，从下田开了三个来小时抵达沼津。爱的母亲夏美、妹妹惠子和文子前几次去法院时，走的也是这一条路。她们也无法理解爱为什么会犯下这样的罪案，于是从第一次公开审判开始，就连日去法院旁听。

案件浮出水面的起因是一年前的十月二日那天一名下田市福利事务所员工的通报。那天上午，该员工来到高野家位于高马的家中探望孩子们。福利事务所四五年前关注到了高野一家的儿童成长环境，认为这户人家的"家庭状况值得关注"，于是将高野家列为"关怀"对象，定期家访。具体说来，福利事务所认为高野家经济困难，可能有忽视儿童的情况发生。

负责高野家的员工来家访时，爱正在外面打工，是夏美开的门。员工询问她家里的状况时，夏美突然说出一件不相干的事：

"跟你说，有一件事很奇怪！我女儿之前好像怀孕了，肚子很大！但不知什么时候开始，她的肚子又瘪了。于是我四处找，可怎么也找不到小孩！"

分娩日过后不久，夏美发现爱的肚子瘪了，以为她生下孩子后将孩子藏起来了，却怎么也找不到。据说她和亲戚聊起这件事，对方建议她跟福利事务所的人商量。

员工将夏美叙述的情况报告给事务所。当天下午，爱去市役所时，员工亲眼看到了她的肚子，确实像夏美说的那样平平的。员工以不会令人起疑的语气试探着问她："您的宝宝终于降生啦？"爱淡然地答道："我没怀孕，也没生孩子呀。只是病治好了！"然而，福利事务所的人之前确实见过爱大着肚子的时候。员工认为情况有异，遂通报了下田的贺茂儿童咨询所和下田警署。

当天晚上七点五十八分，警方开来几辆警车，包围了高马的那栋房子，听说有几辆车甚至停到了邻居家门口，应该有五六辆吧。

爱从大门出来，搜查员问她：

"我们接到通报，说你生了孩子，孩子却找不到了。生孩子的事是真的吗？"

"不是。"爱否认。接着,搜查员要求她去警署接受调查,她却说:"我要换一下衣服,请稍等。"说完,爱回到家里,俯在夏美耳边小声说:"我要被抓走了。"然后就坐进了警车。

晚上八点三十分,几名搜查员在高马的家中听夏美讲述事情经过。听夏美说爱告诉她"我要被抓走了"之后,搜查员开始在夏美的陪同下,在四叠半大小的房间中搜找,很快便发现了天花板上的泡沫箱,看到了里面腐烂的尸体。几乎是同一时间,爱开始主动招认罪行,下田警署立即将其逮捕。

第二天上午十点,搜查员在爱的陪同下继续搜找,在壁橱的衣服箱里找到了塞在塑料袋里的婴儿尸体。警方以涉嫌遗弃第一起案件的尸体和杀害第二起案件的婴儿为由,再次将爱逮捕。发现第一起案件时,警方没以涉嫌杀人为由逮捕爱,是因为案发时警方无法确认婴儿出生时是否活着。

下午三点整,女法官、陪审法官和审判员一同走进静冈地方法院沼津支部二层的法庭。爱坐在椅子上,依然穿着深色的西服套装和白衬衫。法官请爱站在台前,开始宣读判决书。

"主文,判处被告有期徒刑五年零六个月。"

根据法官宣读的判决内容,在杀人罪中,母亲杀害婴儿一般量刑较轻。然而,两起案件的时间间隔仅有一年零两个月,受害婴儿达到两名,且法院认为爱的行为"自私且不负责任",最终的刑期是在上述考量下得出的。

法官宣读判决书的过程中,爱一直沉默地低着头,表情一成不变。我坐在旁听席的第一排,紧盯着她的脸,但很难从她木偶般的表情中窥见内心的波澜。我甚至怀疑,她是不是又陷入了停止思考的状态。

法官读完判决书全文,问被告还有没有什么要说的。爱仍是低着头,没有哭,如此喃喃道:

"现在没有。我很抱歉。"

法官宣布闭庭,旁听席上的人纷纷起身,审判员们也排成一列退场。只有我还坐在旁听席上,凝视着爱。

爱戴着手铐。下一个瞬间,她似乎第一次往旁听席的方向看了一眼,朝母亲和两个妹妹露出一个僵硬的微笑。她的眼睛湿润,似乎随时都会落下泪来,笑容中带着某种叹惋,寂寞得难以言喻。

回到东京后,我打算采访几位案件相关人士,听听他们对判决的感受。我先给爱的妹妹惠子打了电话。她这样说:

"审判结束后,我和律师一起见到了小爱。她哭了。上来就问我:'你生气了吗?'我说:'嗯,当然了。'她就跟我道歉,说:'孩子们就拜托你了。'她说她真的很担心孩子们,怕几年见不到面,自己和孩子们都会受不了。她虽然这样说,但还是做了那些蠢事……

"我怎么看?怎么说呢……小爱会干出这样的事,我觉得妈妈也有很大的责任，但关键是小爱太幼稚了。毕竟无论怎样都有办法从困境中走出来的，她却……

"小爱说了，她会在监狱里好好表现，争取减刑的。她肯定想早日和孩子们重逢。因为孩子是她活着的意义。遇到那么多困难，她还是坚持工作，说到底也是为了孩子。但对还在上保育园和小学的孩子来说，五年实在很漫长。我也不知道今后会怎样。"

听惠子的语气，家里剩下的人今后想在下田活下去恐怕都不容易。

下一通电话，我打给了高木。由于他没有旁听审判，不了解案件经过，我尽可能地向他说明了一番，然后询问他此刻的心情。

"我认为本案中最大的问题出在小爱身上。正常人做不出来那样的事……可是……可是我又觉得错不全在她身上。她的日子过得的确辛苦，还要抚养三个小孩。一个人要做到这些，是非常艰难的。我想这也是她和男人滥交的原因之一。

"不过，我的确是想在一定程度上帮助小爱的。所以我才想不通，到底为什么没帮上她……实在是不明白。说实话，这个案子里有些地方我接受不了。目前我还不想和小爱见面，也不想跟她重归于好……"

案件的发生，一定让高木意识到自己和爱之间有一条肉眼看不见的鸿沟。此时，他似乎还不明白那条鸿沟究竟是什么。

目前，夏美在高马的家中抚养爱的三个孩子。案发后，夏美被便当店解雇，目前靠领取低保金过日子。家里孩子很多，她的补贴金应该能超过二十万日元，比之前的工资还多，但家里没了爱的收入，听说日子过得比以前还要穷困。

惠子和文子说，爱的三个孩子现在有了情绪异常的征兆。长女万梨阿提到母亲就一句话也不说，年幼的虎司患上了脱发症，每天都哭着喊："妈妈，妈妈。"

情况最严重的，是之前备受溺爱的真多伟。七岁的他出现了异食症，常常抓起掉在地上的垃圾就往嘴里放，还嚷着"我想死"，模仿割腕的动作给大人看，也曾试图跳河自杀。他好像还故意在家里的垃圾箱中小便，大吵大闹，做出种种异常的举动。有时候嚷一句"我要等妈妈！"，就跑到外面，一站就是几小时。

照常理来说，夏美无论如何也该照料这些孩子，替女儿好好爱他们才是。可夏美非但没有代替女儿疼爱他们的度量，每当孩子们做出令人难以理解的举动时，她还会陷入恐慌，怒吼着乱扔东西。

家里的骚乱影响到了邻居们。由于经常听到房子里传来夏美的叫喊和孩子们的哭声，曾有居民向儿童咨询所举报"那家人在虐待儿童"。儿童咨询所迅速派人赶到家中，认为事态紧急，暂时将孩子们带去福利院接受保护。目前，几个孩子似乎不在高马的家中。

这一家人今后要怎么办呢？

法院给出的刑期是五年零六个月，扣除拘留和假释的时间，爱至少也要在监狱里待四年。我和现居东京，依然过着无业生活的辽取得了联系，他说：

"我呀，听说爱被捕之后，去看守所看过她一次。嗯，毕竟她是我前妻，而且养着我的孩子嘛。我还给她写过六封信。虽然不知道那家伙为什么要干这么无聊的事，但我跟她约好了，等她从监狱出来，我们先在一起生活一段时间。

"毕竟我是父亲嘛，是真多伟和虎司的父亲。我觉得那两个小家伙挺可爱的，他们肯定也更愿意和父母生活在一起吧？这不是明摆着的事嘛。要是照现在这样，孩子们只能住在夏美那里，也不知道他们会变成什么样。与其让他们跟那个老太婆一起过，不如我把他们领走。"

而爱究竟是怎么想的呢？审判时，面对这个问题，她回答道：

"孩子们真的很可怜……都怪我太蠢，害他们过上了悲惨的生活。之前我要是能多花些时间陪孩子就好了。今后，那些要和孩子们分开的工作，我绝对不会再做了。

"出狱后，我想和妈妈一起生活。我一直觉得我们的母女关系很好，我喜欢妈妈，也相信妈妈……但这些话我一直说不出口，对不起……都怪我说得太晚，连累妈妈也被责备了……所以今后我想和妈妈一起，在家里和睦地生活。"

我忽然想起爱最后一刻在法庭上露出的微笑。或许那个寂寞的笑容,是在对夏美说:"妈妈,别扔下我不管。"

母亲自爱懂事起就一味地朝她怒吼,从未给予她像样的爱意。而爱在接到法庭宣判后,仍在祈求母亲的关怀。

——我想和妈妈一起,在家里和睦地生活。

爱,你发现了吗?你的呐喊,也是你的三个孩子和两个失去生命的婴儿的呐喊。

案件3

足立区兔笼监禁虐待致死案

荒川

二〇一六年三月的一天,我站在紧邻JR北千住站的荒川河堤上。岸的这边是东京都足立区,对岸是葛饰区。荒川河道宽约二百米,浑黄的河面平静无波,看不出河水要流向何方。

从河堤上往下看,宽阔的河岸上设有长椅和儿童游乐设施,像公园一般。大花坛里盛开的红色、黄色的花朵散发着甘甜的蜜香。尽管是工作日的正午时分,这里依然不乏聊家常的老人、慢跑的男人和约会的年轻夫妻。

我来到这里,是为了悼念一名长眠于河中的三岁幼童。听说荒川河底沉积着大量淤泥,有如无底的泥潭。如果孩子的父母供述的情况属实,这名孩童已经被扔到河底三年了。

我至今仍然清楚地记得案件被公开报道时的情形。那是二〇一四年的六月,我正在广播电台谈工作,电视新闻突然插播了一则报道。

"本台日前获悉,一名孩童一年多前在东京都足立区的公寓中死亡,但相关部门一直未能掌握具体的死亡信息。

"死者是一户人家三岁的次子。该家庭靠领取低保金生活，儿童咨询所怀疑其家中有虐待儿童的现象发生，屡次家访，但父母用人体模型等道具伪装出次子还活着的假象，不法领取儿童补贴和低保金。另已查明父母用宠物牵引绳套住次女的脖子，对其施虐。警方正详细调查次子的死亡经过。"

案件嫌疑人是皆川忍（被捕时三十岁）和皆川朋美（被捕时二十七岁）夫妇。忍做过牛郎，朋美曾是夜总会小姐。令人震惊的是，夫妻俩结婚七年，算上被捕后共养育了七个孩子，两人长期无业，靠领取大额低保金和儿童补贴维持生活。

然而，次子死于二〇一三年三月，正值儿童咨询所调查这户人家期间。父母遗弃了次子的尸体，将人体模型假扮成次子的样子，让儿童咨询所误以为孩子还活着，从而不法领取了一年零三个月的补贴。这家人还用宠物牵引绳套住比次子小一岁的次女的脖子，对她拳打脚踢也是家常便饭。父母的所作所为，无疑是只将孩子看作赚钱的工具。

案发当时，媒体连续多日进行了铺天盖地的报道。那正是"厚木市幼童饿死白骨化案"浮出水面不久的时候，此案成了"下落不明儿童"问题之下的又一标志性事件。只不过，人们普遍认为这对父母的犯罪目的明显是钱，比厚木那起案件的性质更恶劣。

媒体对这对夫妻的抨击毫不留情，将他们形容为"魔鬼夫妻""满嘴瞎话的夫妻"，批判他们的行为。网民也大为光火，叫嚣要"用同样的方法杀了这对父母",用词极为粗暴。

坦白讲,看过这些白热化的报道,我也对夫妻俩恶魔般的行径深信不疑,认为他们是罪大恶极之人。我想到两人都曾做过酒水生意,一定是一对被金钱冲昏了头脑的年轻男女,利用孩子赚取大额的福利补贴,转身就对他们施暴,完全不当他们是自己的亲生骨肉。我带着这样的看法,开始追踪这起案件。

案发三个月后,东京地方法院于九月开始了对夫妻俩的审判。我立即赶去旁听,那场审判却将我对被告先入为主的观念打得粉碎。站在法庭上的,是一对体态丰腴的夫妻,穿着皱巴巴的针织衫,一副一事无成的模样,完全不像做过酒水生意的罪大恶极之人。

忍皮肤粗糙,一看就知道患有过敏性皮炎,审判时像被老师批评后闹别扭的初中生一样坐在椅子沿上,抖腿、抠手之类的小动作不断。无论有人问他什么,他的手都在身上挠来挠去,回答得很含糊:"是吧?""嗯——怎么说呢?"

而朋美穿着凉拖,只在头顶用一个粉色发圈束住一头乱发。一张长脸浮肿着,眼睛望着天花板,嘴巴像摔在岸上的鲇鱼似的一张一合。她在法庭上说自己长期服用药物治疗精神分裂症和癫痫,或许药物在一定程度上影响了她的样貌。她似乎难以理解法官的问题,目光总是飘忽不定。

恕我直言,在我看来,这两个人身上没有一丝牛郎或夜总会小姐的时尚气息，在学校里，肯定是被同学以"恶心"为由头而疏远的那一类人。

还有一点也让我意外：法院并未审理次子死亡一事，而是针对被告隐匿次子死亡的事实，不法领取儿童补贴、低保金等行为进行审判。也就是说，两人并未因遗弃次子尸体等罪状被起诉，法院在了解这些情况的前提下，试图以其他罪名对他们做出裁决。

这对夫妻为何没有因杀人和遗弃尸体罪被起诉？这样下去，真的能揭露案件的完整样貌吗？

旁听审判那天我意识到，我的担忧没有错，这起审判比我预想的更加漫长。而我也在调查过程中，渐渐卷入了这个家的黑暗深渊。

审判——二〇一四年

忍和朋美究竟都做了些什么？我先将审判中明确的内容记录下来。为了方便读者理清时间关系，其中也夹杂了我在采访中得知的信息。

嫌疑人忍和朋美于二〇〇七年五月七日相识。忍当时二十三岁，在足立区竹之塚的牛郎店 M 工作。朋美以客人的身份去店里玩时认识了忍。

朋美在竹之塚做夜总会小姐，未婚，认识忍不久前刚生下长女，孩子的父亲是她的客人。但忍并不介意这些，两人认识仅五天就发展到肉体关系，不到一个月，朋美就带着长女和忍住在了一起。朋美没有和长女的父亲结婚，而是向其索要了二百五十万日元的抚养费，因此当时有一定的积蓄用于生活。忍和朋美似乎相当恩爱，还在各自的右手食指上文了对方的名字。

他们在足立区租了一间公寓，忍辞去牛郎店的工作，在派遣公司登记后开始做送货工，朋美成为家庭主妇，专心养育孩子。但两人生孩子的速度明显过快，二〇〇八年是长子，二〇〇九年是次子玲空斗，二〇一〇年是次女玲花（化名），几乎每年都有一个孩子出生。

一个派遣员工不可能承担得起这样一个大家庭的生活开销。忍不久便辞去工作，开始用不正当的方式获取生活费。

比如二〇一一年，玲空斗遭遇了交通事故。警方的调查结果是车子并未撞到孩子，但第二天，夫妻俩声称玲空斗撞车后身体不适，带孩子去医院接受治疗。那时忍已经辞掉了工作，却用派遣公司的旧工资单造假，先后七次从保险公司诈取入院看护费十六万九千二百日元。不仅如此，忍还染指偷盗，将偷来的奶粉转手卖掉。后来忍曾因偷盗被捕，被判有罪，缓期执行。

谁都知道，用这种小把戏并不能捞到什么钱。一家人一直过着贫困的生活。而在二〇一二年三月，他们的日子发生了惊天动地的变化。当时，他们住在埼玉县草加市的公寓。

这一年的二月到三月，为保护玲空斗的安全，埼玉县的越谷儿童咨询所临时监护了他一个月左右。当时，儿童咨询所的员工关注到这家人的经济状况，劝他们领取低保金重建生活。

忍和朋美听从儿童咨询所的建议提交了申请，由于二人有孩子，申请立刻通过了，两人每个月可以领到三十多万日元的儿童补贴和养育子女家庭临时特殊津贴。合同工的月薪大概是十五万日元，两人不去工作，却能领到翻倍的钱。

夫妻俩领取低保金后便没有再去工作，继续生下第五个和第六个孩子。也许他们觉得，孩子的数量越多，补贴的金额也会越高吧。或者是认为就算多生两个孩子，只要有补贴也能勉强支撑。最终，政府每个月拨给这个家庭的金额超过了四十万日元。

但夫妻俩并没有将这些因为孩子得来的收入用在孩子身上。两人每天在外面下馆子，吃火锅或烤肉，却将孩子关在家中，连像样的衣服都不给他们穿。孩子们睡在脏兮兮的被褥上，总也吃不上一顿饱饭。而没过多久，二〇一三年的十一月，夫妻俩却因还不上借款申请了破产，足见他们在用钱方面毫无计划性。

领取低保金后不久，一家人又从埼玉县草加市搬回了东京都足立区，租了之后成为案发现场的那间公寓。搬家的导火索是朋美的母亲向越谷儿童咨询所举报"孙子在遭受虐待"。儿童咨询所由于之前就临时监护过玲空斗一段时间，于是决定定期进行家访。夫妻俩发现后，逃跑似的搬去了足立区的公寓。

特意用"逃跑似的"来形容，是因为这次搬家显得很不自然。草加市和足立区接壤，从一家人之前的居住地到新公寓大概只有十分钟车程。离得这么近，为什么还要搬家呢？夫妻二人一定是认为，只要搬去东京，就不会再受越谷儿童咨询所的管束。

越谷儿童咨询所紧追着二人不放，向东京的足立儿童咨询所进行说明，称"这户家庭中曾有儿童被临时监护"，要求足立儿童咨询所介入家访。仅在截至案件浮出水面的大约两年间，儿童咨询所的员工就对这个家庭进行了十一次家访。但夫妻俩以朋美怀孕、身体不适等理由，拒绝员工踏入家门。在这十一次家访中，仅有两次能够确认玲空斗活着。

二〇一三年三月三日，玲空斗在搬家大约一年后死亡。遗憾的是，这个发生在密室中的悲剧的真相至今仍笼罩在迷雾之中。因为夫妻二人在审判中对于玲空斗的死亡只做了极为简单的描述：

"早上醒来，（玲空斗）已经停止了呼吸。前一天他还好好的。"

一个一天前还活蹦乱跳的孩子，在第二天早上失去了生命。一对被警方怀疑有虐待儿童倾向、正在接受调查的夫妻说出这样的话，又有谁会相信呢？

两人发现孩子死亡后的反应更加奇怪。假如玲空斗是因婴幼儿猝死综合征死亡（三岁儿童很少出现此类情况），父母一般都会立刻叫救护车，尽快将孩子送往医院。可两人声称"要是被儿童咨询所知道了，就会怀疑我们虐待儿童，一家人就要被拆散了"。他们当天开车前往山梨县，将玲空斗的尸体埋在了大山里，并在接下来的一年零三个月里隐瞒玲空斗的死，非法领取低保金等补贴。

忍在法庭上表示，遗弃尸体是因为他"对儿童福利院没有任何好印象"。忍出生后不久就被送到婴儿院，三岁时被转移至儿童福利院，直到十五岁都在那里长大。他说自己小时候曾在福利院被员工和大孩子欺负，所以不想让自己的孩子也去福利院受同样的罪。

但忍后来的行为并不能让人们相信他给出的理由。因为他嘴上说着替孩子着想，玲空斗死后他却像改换了目标似的，对次女玲花施以更为残暴的虐待。

夫妻俩说，玲花从二〇一二年开始变得非常调皮，总是抢其他兄弟姐妹的吃的，并且把家里搞得一团糟。忍起初口头提醒过她，但她丝毫没有要改的意思。八月份，她拆开宠物狗食用的饼干口袋，吃了里面的东西，忍便将宠物狗的牵引绳套在玲花的脖子上，并将另一端拴在床腿上。玲花当时处在婴幼儿时期，明明有的是办法可以控制她的行为，忍却偏偏选择了这一种。

玲花就这样被夺去了自由，全家人出门时，也会将她一个人留在家。她偶尔也有自由活动的时间，但只要在屋里乱丢东西，忍就大吼着"你又不听话！"，对她拳打脚踢。

朋美默许忍对玲花的虐待。被问到这样做的理由时，她辩解的声音几不可闻：

"（忍）一发火就停不下来……如果去阻止，（我）就会被打……所以我就什么也没说……"

也就是说,在家对孩子们动粗的只有忍一人。而朋美害怕丈夫的暴力,只能躲得远远的,对一切视而不见。

二〇一四年五月十四日,足立儿童咨询所接到一起针对皆川家的举报,举报人称有一段时间没见过玲空斗了。儿童咨询所认为情况非同寻常,两天后派几名员工来到皆川家门口。员工们说明来由,表示想确认孩子是否还活着。忍却对他们说:

"我妻子怀孕了,身体不舒服,正在睡觉,我不想吵醒她。不好意思,你们如果要确认,能不能就在房门口看看?"

朋美当时确实怀有身孕。那是朋美怀的第七个孩子,预产期在这一年的夏天。

员工们只好答应下来。走进家中,屋里简直像垃圾站一样。走廊里衣服和毛巾扔得到处都是,墙上有很大的破洞,地板上都是污渍。客厅的沙发上扔着图书《小熊维尼》,儿童滑梯、攀爬架、养宠物的笼子都摆在家具旁边。家里养了十多只狗,动物身上的味道应该也很刺鼻。

忍带着员工们来到卧室门口,屋里关着灯,光线很暗。大着肚子的朋美躺在门口,挡住了员工的视线,好几个孩子一起睡在朋美里侧。几位员工站在门口清点人数,的确有六个孩子,算是确认了孩子还在。将身体不适的孕妇叫醒也不合适,员工们就回去了。

然而，这一切都是夫妻俩事先布置好的。他们预想到儿童咨询所会进行家访，便在拍卖网站买了一个高一米左右的人体模型。员工来家访时，给人体模型穿上童装、盖上被子，冒充玲空斗。儿童咨询所被他们骗得团团转。

几天后，儿童咨询所又从其他渠道得知了新消息，依然和玲空斗下落不明有关。几个员工讨论一番，产生了怀疑："我们见到的真的是玲空斗吗？不会是玩偶之类的东西吧？"他们决定再确认一次。

但如果只是家访，有可能又和上次一样，被糊弄着不让进屋确认。五月三十日，儿童咨询所提出"传唤"，要求夫妻俩带孩子到所里来一趟。并明确提及，如果他们拒绝，儿咨将去公寓进行强制的临时检查、搜索。

忍和朋美接到传唤后，多半是觉得这次怎么也瞒不过去了，遂于当月三十一日将行李逐一搬走，六月一日凌晨两点左右带着孩子们开车逃离了公寓。

从这一天起，一家人开始了逃亡。他们先在东京湾徘徊了一阵子，天亮后来到千叶县木更津市的三日月旅馆入住。他们只付了房费，餐饮在附近的超市买便当解决。但这场逃亡毫无计划性，对玲花的虐待也仍在继续。

逃亡中有两次虐待行为发生，第一次是六月三日。那天晚上，朋美去超市买了猪排盖饭和天妇罗盖饭回到房间，但没有食欲,就把自己的猪排盖饭放在电视柜上睡着了。过了一会儿,她听到忍在怒吼:"你在吃什么!"原来是朋美睡着的时候,玲花未经允许吃了朋美的猪排盖饭。忍用左手拎起玲花,右手在她脸上打了好几拳。玲花哭着道歉,但忍并不饶她,又用宠物牵引绳拴住了她。

第二次暴行发生在六月五日。那天早上,一家人从旅馆退房,驱车经过东京湾跨海公路,朝东京湾的人造浮岛海萤停车场驶去。那里类似于一个综合了餐厅和卖场的高速公路服务站。忍和朋美把车停在二楼停车场,带着其他几个孩子一起去拉面店吃饭,唯独将玲花留在车上。

等他们吃完饭回来,发现饥饿的玲花喝了其他孩子的果汁。忍大为光火,吼道:"要说多少次你才懂?!"边骂边从车子外面踹坐在车里的玲花的脸,又开始打她。玲花身上还拴着宠物牵引绳,被忍打得嘴里流出血来。朋美发动车子后,忍仍然骂着"该死",挥拳打了玲花的脑袋好几下。

二人于当日中午十二点十分被捕。警方发现皆川家的车在东京都荒川区内行驶,遂对二人进行了盘问。首先查明朋美无证驾驶(她的驾照此前被吊销)。不过,警方更重要的任务是调查玲空斗的下落。六月四日,警方和儿童咨询所一起对皆川家足立区的公寓实施临时检查时,发现公寓自带的两台空调被皆川一家带走了。于是,警方以涉嫌偷盗为由将两人逮捕,逮捕的主要目的是查清事情真相。

儿童咨询所临时监护了和二人在一起的孩子们，带受伤的玲花去医院治疗，医生诊断其左眼和鼻子出血、挫伤和浮肿，需要两周的治疗才能痊愈。此外，由于夫妻俩经常不让她吃东西，她的体重只有八公斤，未达到四岁女童平均体重的一半，瘦弱到无法靠自己的力量站起来。

警视厅搜查一课在竹之塚警署对二人进行审讯。搜查一课出动，说明警方认为夫妻俩很可能已经将玲空斗虐待致死。尽管如此，忍和朋美仍然嘴硬。他们承认玲空斗已经死亡，但坚称是自然死亡："早上醒来发现玲空斗死了，我把尸体埋在了河口湖边。"

根据儿童咨询所提供的信息，警方难以相信玲空斗是自然死亡。如果能找到尸体，发现其身上有受虐待的痕迹，就可以伤害致死或杀人等罪名起诉二人。但警方在河口湖周围展开了细致的搜索，并未发现尸体。

尸体真的埋在河口湖边吗？警方问起来，忍又报出另一个位置。警方再次去找，还是一无所获。警方调动大量警力，扩大范围挖掘搜找，但连一点线索也没有找到。

找不到尸体就无法送检，警方只得暂缓以遗弃尸体和杀人罪立案，最终仅以涉嫌不法领取低保金、无证驾驶违反道路交通法和伤害玲花等罪名将二人起诉。

二〇一四年九月十日东京地方法院对夫妻俩的审判并未引发什么舆论话题。由于起诉内容基本是区别于主罪名的其他罪名，媒体几乎没有报道。旁听席上空荡荡的，我坐在那里，关注着审判的进程。审判过程中，时常能感受到检方的无奈。

法官和检察官屡屡向二人发问，想得知他们虐待玲空斗的具体情况和弃尸地点。忍承认对玲花有一定程度的虐待，但坚称"没有虐待过"玲空斗。法院的多数提问，他几乎只用一句话回答，不方便回答的时候就保持缄默。

——三月三日，玲空斗是不是死了？

"是。"

——你没有联系警方，通报死亡吧？

"……"

——也没有告诉生活保障的负责人。

"是。"

——你不觉得用宠物牵引绳拴住玲花的行为很过分吗？

"我想过。不过，我觉得她应该可以理解我为什么这样做吧。"

——你是在管教她吗？

"是。"

类似的问答一直重复，忍丝毫没有说实话的意思。

而朋美的发言基本上是在逃避责任。开庭过程中一度将两人的审判分开进行，朋美趁此机会，声称虐待是忍自作主张。

她说自己怀有身孕，并且长期受精神疾病的折磨，什么也做不了。

　　坐在旁听席的我，只感到庞大的虚无。法官和检察官肯定很羞愧。不过，既然审判没有明确玲空斗的死因，他们也就无法让真相水落石出。

家庭画像

二〇一四年十月，东京地方法院的审判尚在继续，而我已开始认真调查这起案件。

开庭审判的是夫妻俩的欺诈和违反道路交通法等罪状，实际上这就已经注定了无法在审判中追究玲空斗的死因。同时，也无法通过审判描摹出忍和朋美的人物肖像。于是我决定不等审判结束，亲自采访案件相关人员，试着揭露真相。

这一天，我来到足立区舍人站，皆川家住在这附近。乘山手线在西日暮里换乘"日暮里—舍人线"，列车跨过隅田川、荒川驶入足立区，窗外的风景好像一下子倒退了很多年。狭窄的小巷错综复杂，木制的平房、爬满青苔的简陋公寓随处可见。这一带有很多老年人居住的市营住宅。

足立区的穷困在东京二十三区内是出了名的。居民的家庭平均年收入只有收入最高的港区的三成多一点，低保金的领取率在二十三个区中排名第二。在离埼玉县很近的竹之塚、舍人等地，上述情况更为显著。若是仔细观察，家家户户的情况肯定有所区别,但从疾驰在高架上的车中向外望,房屋的样式和居民的衣着就会给人整体的贫穷的观感。

皆川夫妇居住的公寓位于从舍人站步行十分钟左右的住宅区中。房子面朝通公交的马路,背面是小小的农田和停车场。公寓是一栋三层建筑,据说建龄是十六年,但入口狭窄,只能容一个成年人出入,铝制的信箱表面坑坑洼洼,乍看上去像一座落成三四十年的老房子。

忍和朋美的房间在二层。进门左首是十六点五叠大的客厅,右首是一间六叠大的日式房间和一间西式房间。房租大概七万日元。两个大人、好几个孩子和十多只宠物一起住在这里,无疑是拥挤的。

我在皆川家附近采访,遇到一位名叫畑中芳江(化名)的主妇。畑中曾和皆川夫妇有过往来。她站在公寓门口,向我娓娓道来:

"皆川一家有很多孩子,这一点让我印象深刻。做丈夫的(忍)总是笑嘻嘻的,看起来是个开朗的人,很疼他的小孩。他家最大的是长女,已经上小学了,每天早上丈夫都去送孩子。他还知道市里哪个地方开了新的阿卡佳[1],似乎对孩子很上心。

"但奇怪的是,这做丈夫的好像没有工作。他们一家人每天都

---

[1] 阿卡佳:日本知名的母婴用品连锁店。

大半夜地开车出门，凌晨一两点钟才回来。家里有那么小的孩子，一家人的生活却昼夜颠倒。"

除了畑中，皆川家和别的邻居几乎没有往来，白天一直待在家里。长女升上小学二年级后就开始不上学，长子六岁后也不再去保育园了。

一家人半夜出门，是为了在家附近吃饭。皆川夫妇几乎没有做饭的习惯，经常去的店是家附近的"古斯特"，偶尔也会点"银之盘"的寿司外卖。维持他们生活水准的一定是大额的低保金和各类补贴。

畑中说她看不出夫妻俩有虐待孩子的倾向。但在案件发生前不久，有一件和孩子有关的事让她感到困惑。那一次，朋美和她聊天时若无其事地说，自己肚子里怀的是第七个孩子。可长久以来，畑中只见过皆川家的四个孩子。她提出自己的疑惑，朋美平静地回答：

"另外两个孩子容易感冒，所以总是让他们待在家里。"

这段对话发生的时候，玲空斗已经死亡，玲花已开始遭遇虐待，被用宠物牵引绳拴住。恐怕玲花一直被囚禁在家里吧。

附近的其他居民也几乎没人看到过玲花，只有一个男人告诉我，皆川家的孩子们曾在一个下大雪的冬日里，带着一个"苍白瘦弱的孩子"一起玩。听说那孩子没什么精神，只是一个人默默地坐在雪地里，脚下虚浮无力，其他的孩子轻轻一拽就可能把她拽倒。这个小孩很可能就是遭受虐待的玲花。

大约从二〇一四年春天开始，朋美和畑中聊天的时候，隐约透露过家里被儿童咨询所盯上的消息。被捕的前一个月，朋美这样对畑中说：

"昨天，儿咨来大闹了一通。好像是父母把我们举报了。我们没做任何坏事，但因为某些原因惹得父母不高兴了。真是好麻烦哪。不好意思，希望没给您添麻烦。"

那正是儿童咨询所得知玲空斗下落不明的时候。听说其他人提供过证据，就在那段时间，朋美曾请求长女同学的父母"借给他们一个孩子"。或许是夫妻俩预想到儿童咨询所要来家访，打算伪装。但对方没有答应，最后他们只好买了一个人体模型。

朋美还和畑中说过这样的话：

"我打算最近搬家。我们住在上一间公寓的时候和房东闹过矛盾，搬来这里就希望房东不住在公寓里。可是咱们这栋公寓的一层住着房东的亲戚，而且这公寓的墙轻轻一敲就会开个大洞，之前还听说附近的住户烧炭自杀，治安也不太好。我打算九月份生完孩子就搬家。因为这个，从今年春天开始我们一直没付房租呢。"

公寓的租约规定，住户若连续半年未交房租就会被清退。朋美反过来利用了这一条规定，一直不交房租，打算生完孩子就走。

畑中注视着皆川家之前居住的公寓二层的房间说：

"我看到案件中对孩子虐待的报道后,吓了一跳。因为在我的认识里,那家人看上去一直是和和美美的。最起码做丈夫的给我留下了非常温柔的印象,对孩子们照顾得很精心哪。"

这句话让我很意外。至少在审判中,我知道忍曾给玲花套上宠物牵引绳,动不动就对她拳打脚踢,是个极为残忍、凶暴的人。而我对朋美的认知则是一个为精神疾病所苦的女人,慑于丈夫的暴力,只好对丈夫对孩子的虐待视而不见。

我将审判的情况告诉畑中,她吃惊得提高了声音:"好奇怪呀——

"怎么会有这样的事呢?那对夫妻之间,强势的是妻子呀。妻子做事没什么计划性,想到什么都直言不讳,做起事来干净利落。丈夫平时笑容满面,但在妻子面前就好像抬不起头来,总是什么都听妻子的。他们夫妻吵架的时候,也是丈夫追在妻子身后,低着头道歉:'对不起,是我做得不好。'"

这又是一段出乎我意料的话。法庭上的朋美目光飘忽,嘴巴一直张张合合,看上去像有智力障碍——我说。

"这难道是她装出来的?"我不由得发问。

畑中坦然地答道:

"因为那个女人蛮会耍手段的嘛。你描述的那种模样,我一次都没见过呢。她是不是为了脱罪,故意装病啊?"

法院认为朋美患有精神分裂症、癫痫和恐慌症,正在为她做二级残障的鉴定。这些竟然是她装出来的吗？

畑中继续道：

"我觉得，这两个人也许没说实话。之所以这么说，是因为做妻子的曾在某个时候跟我这样说过：'我们曾经因为诽谤罪被捕，被判了缓刑。如果再被捕，孩子们就会被儿咨带走，一家人就会四分五裂。所以我们商量着，要是真有那一天，就先假装离婚，把孩子要到手再说。'"

也就是说，夫妻俩之前就料想到了罪行即将败露？

"否则她就不会跟我说那种话了吧。她在法庭上表现得那么不正常，也许就是为了这个？"

如果畑中说的是真的，那就意味着夫妻俩事前已经周密地计划过案发后的应对方法。忍一个人将虐待的罪名顶下来接受刑罚，朋美的罪名很轻，她出狱后就和忍离婚，再将被儿童咨询所带走的孩子们领回来。这样一来，朋美又能领到巨额的低保金和补贴了。

我攥着做记录的笔，不知该如何看待这件事。难道检察官和法官都只能被这两人玩弄于股掌之间吗？看审判时双方的状态，也不是绝对没有可能。

怪兽之子

二〇一四年十二月的某一天，干燥而寒冷的风呼啸着，我走在某个地方的住宅区里。此行是去探访儿童福利院"A学园"，年幼的忍在这里长大。

我来到这里，是因为东京地方法院对忍和朋美的审判比预想的时间早了很多。法院先对朋美做出了判决。十一月十四日，法院针对欺诈和违反道路交通法两项罪名，宣布了对她的判决。

出现在法庭上的朋美将此前出庭时一直用的粉色发圈换成了蓝色的，手里紧握着一条裹着纸巾的毛巾。法院认为两项罪名完全成立，对她做出以下判决：

"判处有期徒刑三年，缓期四年执行。"

通过隐瞒玲空斗的死不法接受补贴的行为虽然十分恶劣，但由于金额不高，法院判令缓刑。

法官宣布判刑理由时，朋美和往常一样望着天花板翕动着嘴唇，没有任何反应。她显得神情困顿，法官问："你听懂了吗？"她也是迟疑了几秒才回答："懂了。"除此之外，再没有任何表示。

判决宣读完毕后,她就在律师和狱警的陪同下朝通往地下的出口走去,庞大的身躯走起路来颤颤巍巍的。

对忍的判决于约一个月之后的十二月十二日进行。站在同一个法庭上的忍或许是知道朋美已经被判了缓刑,显得满不在乎,脸上从始至终都挂着无畏的笑容。

终于到了宣读判决书的时候。

"判处被告有期徒刑两年零十个月。"

法院认定忍的虐待行为性质恶劣,对其处以实刑,但并未针对玲空斗的死做出惩罚。因此不到三年忍就会被释放,回归社会。假若我在足立区的公寓门口听到的畑中说的话是事实,那就相当于一切都在夫妻二人的计划之中。

案件真的可以就这样结束吗?我带着一种近乎焦灼的情绪,想先看清楚忍的真面目。他在审判中提到自己在福利院长大,我费了一番周折,查到了这家福利院的具体位置。

A学园建在离车站前的商店街不远的住宅区内。外观看上去和幼儿园、儿童馆等设施很像,带一个宽敞的庭园,给人一种亲切感。这一带的独栋民居很多,绿化环境好,街区很安静。傍晚时分正是放学的时候,孩子们一个接一个地背着学生书包走进福利院大门,喊着:"我回来了——"福利院里欢笑声不断。

我站在门口向里面望了一会儿,仅从外面看到底无法想象这里给忍带来的心理阴影。根据我事先的了解,A学园历史悠久,在社会上评价颇高。每年都有几个孩子从这里自立成人，多数人长大后都拥有了普通的家庭。无论原生家庭的环境多么残酷，有了福利院员工温暖的支持，孩子们都能跨过生命中的逆境。难道说，忍在这里的成长过程并不顺利？

我离开 A 学园，在某地和一个名为宫本泰治（化名）的五十多岁的男人见面。宫本从忍小时候就和他很亲近。涉及隐私保护，书中对他和忍的关系不做介绍。我去宫本工作的地方拜访，他带我来到接待室，在沙发上坐下。我喝着他端上来的茶，开门见山地询问他对案件的感受。宫本抱着双臂，皱着眉头道：

"说实话，我在知道案件的犯人是忍的时候，想的是：'啊，果然是他。'如果听到其他人的名字，我肯定会怀疑自己的耳朵，既然犯人是忍，我就不觉得奇怪了。他本人没有暴力倾向，但他这个人哪，做什么事都不会考虑后果。"

——此话怎讲？

"忍是个很幼稚的人。他的智商超过一百，其实很高了，长大后却还像个小孩一样。两三岁的孩子完全不会考虑办事的先后顺序，会不会哭闹全凭当时的心情，给什么吃什么，玩一会儿闹一会儿，对吧？因为小孩子不够理性，会把当下冲动的情绪转化为行动。忍就和他们一模一样，升上小学、初中后都是如此，根本不会思考行动带来的后果，只是被当时的情绪牵着走，而且做事总是半途而废。"

宫本顿了顿，继续道：

"所以，他几乎没有朋友。想要得到他人的信赖，就要守各种各样的规矩嘛。或者信守约定，或者仁义待人。这些行为的累积，才能构筑我们和他人之间的关系。但他对这些完全没有概念，不管对谁都不负责任。所以就没有交到朋友。"

——他这样的性格，是怎样形成的呢？

"忍这种做什么事都凭心情的性格，可能和他母亲有关。他母亲将他交给A学园后，根本没有照顾过他。这种异常的举止在福利院中也很少见，周围的人都讽刺她是'怪兽'。忍的性格和他母亲很像，忍几乎就是她的翻版。"

把孩子交给福利院照顾的父母之中，有不少人是家暴或其他问题的施害者。像A学园这样历史悠久的福利院，一定见识过不少糟糕的父母。而且忍年幼的时候，"怪兽家长"这个词还没出现。即便如此，忍的母亲还是被人们称为"怪兽"。这究竟是一个怎样的人物？

忍的母亲名叫樱田亚佐美（化名）。一九六四年生于荒川区日暮里，其父亲好像在平民商业区做雕刻师。年幼时，亚佐美就经常惹是生非，是校方的重点关注对象。她初中毕业后就去东京都内的酒吧打工，做起酒水生意来。

亚佐美似乎在都市的夜晚过得极为奔放。十八岁时，她认识了一名卡车司机，和这名男子同居。不久后怀孕，并在同一年办理结婚手续。第二年生下长子忍。

这对年轻夫妻过上了有小宝宝的生活。然而，亚佐美全然没有料理家务、抚养孩子的意愿。她产后身体刚一恢复便去夜总会做招待员，把忍放在家里，自己在外面喝酒直到天亮。

亚佐美的丈夫是卡车司机，工作时间不规律，多数时间肯定都不在家里。他看不下去亚佐美对孩子不管不顾的行为，叮嘱过妻子很多次，要她别再继续眼下的生活模式。可亚佐美不但毫无反省之意，还句句都要顶回去。夫妻两人大吵一架后，亚佐美像受够了似的逃出了这个家，住在朋友家里或夜总会的宿舍，连续好几天都不回家。

还要工作的丈夫到底一个人应付不过来，于是将不到一岁的忍寄养在市里的婴儿院。尽管夫妻关系僵到这个份儿上，只要两人都在家中，似乎还是会做爱。忍出生后的第二年，长女出生，第三年次女出生，再下一年三女出生，亚佐美和第一任丈夫离婚四年后，又和第二任丈夫有了四女。不过后来，第二任丈夫也和她分手了。

把忍寄养在婴儿院后，亚佐美尝到了没有拖累的甜头，之后出生的几个孩子，她都打算将孩子生下来就送到福利机构寄养。产前三个月她便联系婴儿院，说："我想把即将出世的孩子也寄养在你们那儿。"出院后，她没带孩子回家，而是直接把孩子交给婴儿院抚养。

旁人无法从亚佐美的行为中，感受到丝毫作为母亲的自觉和责任心。次女出生的时候，她甚至以"太忙了"为借口，连出生登记都没给孩子做。据说还是婴儿院发现了这一点，严厉地警告她"没做出生登记的婴儿我们不能接收"，亚佐美这才去了一趟市役所。孩子尚未出生就联系婴儿院，这在当时几乎没有先例，引发了儿童福利士们私下的讨论：

"听说樱田家的孩子们像坐升降梯似的，出了医院就进婴儿院，离开婴儿院就去 A 学园。"

"坐升降梯"这一描述，一般用来形容孩子从附属学校一步步升上大学的过程，儿童福利士们的话里带着讽刺意味。

然而，亚佐美明明不想养孩子，为何还要生五个小孩呢？按照宫本的说法，这正是说明亚佐美性格的地方。大部分人都是和家人商量后再考虑生育，然后在收入范围内精打细算地抚养孩子。但亚佐美做事全凭心情，毫无计划性，生孩子、去夜总会做小姐、将孩子寄养在婴儿院，都是一拍脑门就做。

樱田家的五个孩子都在 A 学园长大，忍是第一个。亚佐美的行为导致 A 学园陷入一种异常的局面——整个学园最多容纳三十个孩子，可每六个孩子里就有一个是亚佐美的小孩。

一个当时与 A 学园有往来的人告诉我，亚佐美放荡不羁的行径也曾在学园内部掀起波澜。她不参加亲子面谈，却唯独在运动会时到场，染了一头金发，穿着迷你裙和网纹裤袜，大喊大叫，到处喧哗，惹得其他监护人不停地投诉。

为了给家长修复家庭关系的机会，A学园同意孩子们在周末或长假期间回家。园方希望父母能缓慢但坚定地接受自己的孩子。

但亚佐美将孩子们接回家后，依然对他们不理不睬，知道A学园会给孩子一些零用钱后，她甚至把这些钱夺走用来享乐。孩子们从学园毕业时，园方会将孩子们这些年来剩下的零用钱和儿童补贴还给父母，对亚佐美也不例外。然而亚佐美当着工作人员的面点清了三十五万日元，竟然还大放厥词："比我想象中少哇！"

这种把孩子当摇钱树的态度，不禁让人想到长大后的忍：他要了一个又一个孩子，补贴金滚雪球式地增加。

不过对亚佐美来说，忍毕竟是长子，因此在五个孩子当中忍最得母亲的疼爱。亚佐美经常把忍带回家，高兴的时候也会带着他出门。这种相处方式本就与普通父母和孩子的相处方式不同，照宫本说来，"亚佐美和孩子说话的内容、语气都和跟大人说话没有区别，带孩子出门时去的也都是大人去的地方"。亚佐美带着忍在夜晚的街市喝酒、闲逛到天亮，还把他介绍给自己的恋人。忍也亲眼见到母亲毫不留情地骂几个妹妹，夺走她们的零用钱。

对忍来说，亚佐美无论怎样都是他的母亲，他大概也在一定程度上接受了母亲对自己的所作所为，相信母亲一定是爱自己的。然而，亚佐美凡事都把自己放在第一位。和忍一起过了几天，她就像玩腻了玩具似的态度骤变，冷淡地将忍赶回 A 学园。

不知是不是受这样的经历带来的影响，忍在小学时就出现了病态的行为。典型的表现是异食症，什么东西都想往嘴里放。这一症状多见于遭遇忽视或虐待的儿童当中，患者会将一切看到的东西放进嘴里，如橡皮、纸屑、头发，乃至垃圾箱里的垃圾等。

小学中年级到高年级阶段，忍变得面无表情，封闭了自己的情绪，行为模式更加武断。如果学园里没发生什么有趣的事，他回家后就对亚佐美撒谎，说自己"在福利院受了欺负"。如果母亲将他扔在家里不管，他有时又会给学园打无声电话打发时间。学园的电话上有来电显示，号码一目了然。

园方多次提醒忍不要这样做，也问过他这样做的理由。他说他其实并不是想让对方做出什么具体的行动，只是在电视里看到了同样的画面，也想试一试。听上去似乎是脑子一热，想做便做了。

多年后的一个插曲也表现了忍的幼稚。A 学园每年过年都会召集毕业生一起开新年联欢会。二〇〇四年的新年，二十岁的忍突然出现在联欢会的会场。他领着福利院的小学生们出门，说是要玩"吊环游戏"，实际上却带着孩子们从一户居民的房顶跳到另一户的房顶，惹出了很大的乱子，街坊四邻纷纷到 A 学园投诉。忍和同龄人合不来，长大成人后还是只和小学阶段的孩子们一起玩。这件事发生后，园方便不再允许忍进出 A 学园。

初中毕业后，忍离开了 A 学园。学园里的孩子可以一直待到十八岁再离开，但亚佐美任性地提出要求，以"这孩子已经到了不需要我费心的年龄"为由，希望学园批准忍离开。这多半也是她一时兴起。或许忍也希望和母亲生活一段时间，他最后决定住在家中，以走读的形式在足立区内的都立工业高中就读。

对这个十五岁的少年来说，家里的生活着实惨淡。亚佐美当时在泡泡浴店工作，时常向儿子炫耀自己和男人的关系。她每天回家都已是深夜，一觉睡到第二天中午，自然不会给孩子做便当，连三餐都没正经做过几次，屋里突然停水停气也是家常便饭。

当时家里的环境到底有多恶劣呢——亚佐美的四个女儿初中毕业后都回来了，最后却全都逃回了学园。这样说，大家就不难想象了吧。其中一个女儿回家后，为了今后读大学而勤勤恳恳地打工赚学费，亚佐美发现后将她攒的钱全部没收，说是用于"贴补生活"。听说这个女儿后来回到学园告诉员工："我要和母亲断绝关系。"

毫无疑问，在这样的家里，忍过不上像样的生活。他在高一第一学期退学，随后辗转做过很多工作：重机械金属零件制造员、送报员、外送骑手……但每一份工作都干不长。其中一份工作是在位于竹之塚的牛郎店 M 做牛郎，他在店里邂逅了朋美。

讲到这里，宫本不禁感慨万千：

"这次的案件，光看报道的话，感觉一切都还是云里雾里。次子的死因至今也没弄清楚，我听说尸体也一直没有找到。不过，我觉得这种不清不楚的感觉正符合忍的行事风格。因为他在至今为止的人生中，对待任何事情都是稀里糊涂的。"

宫本的意思是，凭忍的性格，他很容易把一切弄得不清不楚的。

"他不是那种为了隐藏事实刻意编造谎言的狡猾的人，或许他真的不知道孩子的死因。虐待孩子的时候不认为是虐待，也就真的不清楚孩子到底为什么会死——他很可能做出这样的事。他就是这样的人，不理解自己行为的因果关系，也不会反省。他没有想过，自己的行为会产生怎样的结果，有多大的影响。就算法官或检察官问他：'孩子是不是被你虐待死的？'他可能也答不上来。"

宫本继续道：

"他说忘了把尸体扔在哪里了，这也不是没有可能。在他心里，一切事情的先后顺序都是混乱的。一般人认为不可能忘记的事、肯定要三思而后行的事，在他那里全不存在。所以不可能发生的事才有可能在他身上发生。"

或许忍的心态和厚木那起案件中的斋藤幸裕相似，他说不定也觉得虐待玲空斗致其死亡，就像弄死了孩子养的一只甲虫。虽然觉得玲空斗很可怜，将他埋葬，一年后却彻底忘了尸体埋在哪里。

如果忍的思维模式真是这样，案件中一些不可思议的地方就不再那么令人费解。"因为低保金会变多，就生了一个又一个孩子""因为次女不听话，就用宠物狗的牵引绳拴着她打""害怕次子死去的事被人发现，就将尸体扔掉"……一切都是出于本能，不计后果。忍的这些行为没有深层次的含义。

"如果让我用一句话形容忍，那就是'搞不明白的人'。恐怕他身边的所有人都会这么想。正因为这个人干出了这些没有明确原因的事，案件才会成为'搞不明白的案件'。"

宫本叹了口气，似乎无法释然。

"母亲对他的影响还是很深的，忍的行为模式简直和他母亲如出一辙。他的母亲给四个女儿取名字的时候，每个名字里都有一个相同的汉字，忍给自己的孩子取名时，也是每个名字里都用了一个相同的字。也许他做了和母亲一样的事，却连自己也没有察觉。"

那么，几个妹妹的性格为何与他不同呢？

"很可能是因为母亲当年疼的只有忍一个吧。忍认为母亲给他的就是爱，认为那就是家庭，做父母的就该如此，他的几个妹妹却不这样想。母亲的不闻不问使她们早早地逃离了家庭，这也未尝不是她们的幸运。"

宫本和我说了许多，可对于忍，我还有一点想不通：他既然属于做事不考虑后果的类型，又如何能有计划地诈取孩子的入院看护费,甚至为了要回孩子假离婚呢?这些"恶智慧",是从哪里来的呢?

听了我的问题,宫本歪了歪头。

"忍结婚后我们就没有来往了,这个我不太清楚。也许是结婚后发生了什么吧?说起来,忍现在介绍自己的时候,不用自己的姓'樱田',而是用太太的姓'皆川'自称了呢。这是为什么呢?"

夫随妻姓的情况并非没有,但毕竟不多。我对这夫妻俩的相处模式产生了好奇心。

夫妻关系

二〇一五年一月的一个晚上,我在足立区竹之塚站下车。车站前面,路两旁的树上还挂着圣诞节的彩灯,温柔地闪着梦幻的光。

我来到这里,是要和忍的母亲亚佐美见面。采访宫本一个多月后,我动用了全部的人际关系,找到了忍老家的住处,亚佐美同意了我的采访请求。

娱乐街区在车站前延展开来,霓虹灯闪烁的店家看上去都很寒酸,街上的夜店小姐大多上了年纪,面相里带着贫气。想来也是,这条街有"小马尼拉"之称,不仅是人们寻欢作乐的地方,还是混血儿的聚集地。这里尤以从市中心来的菲律宾人居多,客人也净是图便宜才来的。街上也有日本人打工的夜总会和牛郎店,但男男女女的姿色和地段相当。八年前,忍和朋美都是他们之中的一员。

我和忍的母亲约在距车站步行二十分钟左右的一家咖啡厅见面,这家店以红砖瓦装潢,情调古朴。店家似乎想打造山间小屋的氛围，店里环绕着许多植物，桌椅都是原木风格。

我们约好八点见面，大概超了十五分钟，亚佐美带着两个男人出现在店里。她身材苗条，脸颊瘦削，长发染成褐色，穿一条带刺绣花纹的黑色长裙，明显是经常出入风月场所的人。但刚过五十的她脸上布满了皱纹，瘦得很不健康。也许是年轻时身体透支过度，如今老态尽显。

两个陪亚佐美来的男人一看就不是什么好人，自然没有报上姓名。其中一人穿着黑色的西装夹克，看上去五十多岁，走路时有一只脚拖着地，显得不情不愿，表情可怕。

另一个人一头褐发，鬓角剃得很高，夸张的耳环晃来晃去，手上有文身和无数被烟头烫过的瘢痕，年龄二十岁上下。他抽着烟，一直抖腿，但个子很矮，身材略显圆润，活像一个穿着小混混风格男装的女人。之前我曾听熟悉忍一家的人说，"忍有个妹妹是FtM（生理性别为女，但在心理上认为自己是男性的人）"，也许如今在我眼前的就是忍的那个妹妹。

亚佐美点了一杯冰咖啡，跷起二郎腿，点了烟，焦躁地开口道：

"你呀，我不知道你是什么人，非要把我叫来，是想干吗呢？你可真会给人添麻烦，不会是怀疑我跟那个案子有什么关系吧？"

她的嗓音带着酗酒后的沙哑感。恐怕她无论和什么人说话，都是这副挑衅的口吻。

"我把丑话说在前头,你呀,是不是以为那起案子都是忍的错?我告诉你,根本没这回事!我去竹之塚警署和那孩子见面的时候,他清清楚楚地跟我说了:'只要我把罪全担下来就行了。'"

忍说要把罪全担下来,这是怎么回事?

店员正好在此时端来了冰咖啡。亚佐美立刻收声,转向一边抽起烟来。不知为何,两个男人也低下头,遮住自己的脸。

店员离开后,我尽量不被亚佐美的话左右,请她先讲一讲忍与朋美是怎样走到一起的。亚佐美用湿巾将玻璃杯上的水滴擦得干干净净,不清楚是不是做酒水生意的人的职业病使然。

"喀,算啦。这也没什么好隐瞒的。"

据亚佐美所说,忍在牛郎店工作的时候和她住在一起。忍的薪水不多,肯定不够维持生活。亚佐美当时觉得,无论哪份工作忍都做不长,在牛郎店的工作肯定也一样。

一天,忍说要和她谈谈正事。"我在店里认识了一个女孩,现在正和她交往。我打算离开这儿(家),和那女孩同居。"这个女孩就是朋美。在这之前,忍从未和女孩交往过,亚佐美虽然担心"他不会被初恋女友骗了吧",但还是答应了:

"那不是挺好,你想去就去吧。"

那之后,一年过去了,和女友同居的忍杳无音信。直到某天,他突然带着朋美回到家里,告诉亚佐美:

"要生小孩了!我们的小孩。"

忍告诉母亲女友已经怀有身孕，但两人当时还未办理结婚手续。亚佐美说："既然打算生下来，你们就把手续办了呗。"两人老老实实地照办了。

这是亚佐美第一次见到朋美。在家时，朋美一直绷着脸，几乎什么也没说。她右手夹着烟，左手攥着哮喘吸入器，轮流吸着这两样东西。这令人费解的行为让亚佐美隐约有一种不好的预感。她想："这女人迟早会惹出事来。"

这份预感很快成了现实。亚佐美出声地喝着冰咖啡，似乎想到了什么不快的事。

"朋美是个超级腹黑的女人！办完手续后，她马上以'樱田'的名义办了张（信用）卡。那是我第一次有她很腹黑的感觉。这家伙立刻买了一辆二手的君爵（日本大型多功能休旅车）。我一看就来气了——她以前绝对惹过什么事，上了黑名单，所以才刚改名字就急着办卡。我就想：唉，忍到底是被骗了。"

正所谓"同行知门道"，亚佐美多半从朋美的行事风格中看穿了她的本性。

"估计她后来也没少干这种事。因为一两年后，他们又把姓氏从樱田改成了皆川。肯定是'樱田朋美'这个名字上了黑名单，所以之后要用'皆川忍'的名字干同样的事。不然有什么必要来回来去地改名字呢？

"之所以确定是朋美干的，是因为忍是个不会花钱的孩子。他对购物之类的事情没有兴趣。忍小时候从来没问我要过钱，或者要我给他买过什么东西。可自从跟那个女人结了婚，他就老是往我这儿跑，要么跟我借钱，要么说孩子吃不起饭。我很快就想到，一定是那个女人指使他这样做的。

"恶心的是，那女人绝不会自己上门来求我，每次都让忍和孩子来。极少数时候那女人也会跟着一起过来，但永远看着别处，就像不认识我似的。"

亚佐美大概越讲越生气，说话时一会儿敲敲桌子，一会儿揉揉湿巾。

我没想到连孩子们的饮食都是忍在照料。亚佐美这样告诉我：

"那个女人好像自己不做饭，关于孩子的一切都交给忍处理。我听说她连孩子的纸尿裤都没亲自换过。她永远怀着孕，大着肚子，抽着烟。于是只能由忍来照顾孩子。不过，忍那会儿真的很烦人——堵到我家门口来，让我给孩子们买饭吃。我只能按孩子的个数买了牛肉盖饭给他们，或者给他们咖喱罐头。我还借给过他们现金，总共借了五万日元，他们到现在连十日元也没还过。好歹还我十日元哪！"

"喂，这事你也知道吧？！"亚佐美征求身旁那个上岁数的男人的意见。男人默默点头。亚佐美可是连自己孩子的零花钱都要收走的人，那对夫妻竟然还能从她这里借到钱，可见他们当时是多么死缠烂打。

"对了对了,那女人好像还让忍向她的父母家借钱。有一天,大半夜的,朋美的母亲和妹妹突然杀到我家里来了。跟我说什么:'忍不还钱,你替他还吧。'我当时心想:这帮人在这儿说什么呢?于是就跟她们说我不管这事,把她们赶走了。没想到,后来又有一个自称是朋美弟弟的男人打电话到家里来,威胁我:'儿子欠债不还,可不就该你来还吗?!'说话的语气跟黑社会的似的,还报上了他的组名。我也生气了,说了一句'啊?'就给他挂了!唉,那个家是彻底完蛋了。我都不想再和他们扯上关系了。"

亚佐美越说越大声,店员和其他客人都向我们投来讶异的目光。我决定换一个话题。

——忍和朋美曾经偷奶粉倒卖来贴补生活,您知道吗?

"他们偷奶粉那会儿,也是烦死个人!有一天,朋美头一回自己带着孩子来找我,忍没跟着。她泰然自若地说:'忍自作主张倒卖奶粉被抓了,法院要我也去参加开庭,孩子先放在你这里。'我问她到底是怎么回事,她就咬死了一切都是忍自作主张,她自己什么也不知道。要不是女人从旁教唆,男人怎么可能偷一大堆奶粉哪?!这事肯定是那个女人让忍干的。"

如果亚佐美说的是真的,那就相当于朋美操纵着忍不择手段地赚钱。虽然亚佐美的话不能全信,但对忍来说,朋美是他的初恋,而且朋美原本是夜店小姐,和其他男人之间育有一女。由此看来,这对夫妻之间的力量关系也就不难想象。也许借钱、偷窃、生儿育女等一切行为，忍都是在朋美的指使下做的。

亚佐美像在跟旁边的两个男人倾诉似的说：

"你们俩也还记得吧？忍任由那家伙摆布，发型和装束一会儿一变。我记得特别清楚，有一次，他突然剃了个光头。忍从小就讨厌理发，绝不会主动剃光头。估计那也是朋美让他剃的。"

两个男人一边叼着烟一边抖腿，附和似的轻轻点头。亚佐美也焦躁起来，挠了挠混着银丝的长发。

无法确定亚佐美的话有几分可信，我不禁有些为难。我相信朋美在两人之间是强势的一方，但偷奶粉、卖掉公寓自带的空调等行为似乎根本没有计划性，也看不出经过缜密的思考。难道说，朋美做事也如此不经大脑吗？

我喝了一口咖啡，问亚佐美那对夫妻是否真的虐待过孩子。

"和案件相关的事我什么也不知道。倒卖奶粉出事那次，我跟朋美发了很大的火。从那以后，他们俩再也没来过我家。不过，玲空斗和玲花跟别的孩子没什么两样，都挺可爱，也都很黏爸爸，我从来没见过忍对他们动手。听警方说他虐待孩子，我是不敢相信的。不过，真相如何我不清楚。忍和朋美都没有朋友，他们的家务事大概只有他们清楚。"

忍用宠物牵引绳拴住玲花，对她施以虐待，是奶粉案之后的事。这一点，他在法庭上交代得很清楚。这个和外人没有往来的家庭，究竟发生了什么呢？

亚佐美狠狠摇晃了几下打火机，又点了一根烟。我等她深深吸进一口烟，问道：

——您一开始说，忍告诉过您"只要我把罪全担下来就行了"。这到底是怎么一回事呢？

"案发之后，我去竹之塚警署探望过忍一次。我不相信他会杀玲空斗，于是问他到底发生了什么。忍就跟我说：'只要我把罪全担下来就行了。'肯定又是朋美让他这么干的吧。那女人把所有过错都推到忍头上，自己就不用担任何罪，可以被判缓刑释放。"

——审判时，朋美声称自己"患有精神疾病，是二级残障人员"，没说几句像样的供词。

"那绝对是她装的！她哪来的精神病啊？明摆着不可能啊！"

亚佐美的反应和跟夫妻俩有过往来的畑中一模一样。至少，没有一个真正熟悉朋美的人认为她有精神疾病。

亚佐美吐了一口烟。

"案发之后哇，朋美给忍寄去了离婚申请书。尽管如此，忍还是想包庇她。他也真是的，怎么就离不开这个女人呢？"

这些话也和畑中说的"假离婚"不谋而合。只要朋美能逃脱实刑，和忍离婚，儿童咨询所或许就不再担心她会虐待孩子，有可能把孩子还给朋美。这样一来，朋美又能按月领到巨额的补贴金。这果真是他们计划好的吗？

亚佐美用长指甲敲着桌面，似乎相当烦躁。

"不过,真相如何我无法确定。审判进行到一半的时候,忍就拒绝再和我见面。可能是变得谨慎了,怕跟我说漏了嘴……那孩子不会对我撒谎。"

恐怕忍不到两年就能出狱。到那时候,亚佐美会以担保人的身份接他出来吗?听了我的问题,亚佐美扭歪了脸。

"别开玩笑了!我要是去做忍的担保人,那个女人绝对又会黏上来。我早就受够她了!"

亚佐美胆怯地挠乱了头发,举着烟吸个没完。大约是觉得朋美很可怕吧。

两个男人一改刚进门时的模样,望向亚佐美的目光中充满了同情。就像偿还年轻时造的业障一样,亚佐美被自己曾抛弃的、宛如她的分身的儿子搅乱了人生。

我忽然发现,亚佐美此刻叼在嘴里的,是她之前摁灭在烟灰缸里的烟屁股。

再次被捕

二〇一五年四月二十八日,案件有了关键性的进展。

此前的审判结束后,检方并未提起控诉。我本以为案件就这样落幕了。但在这一天,报纸和电视同时报道了忍和朋美再次被捕的消息。那两天报纸上一行行触目惊心的文字跃入我的眼帘:"东京都足立区男童下落不明:父母被捕 涉嫌监禁致死 异例,尚未发现尸体"(《每日新闻》二〇一五年四月二十八日)、"男童下落不明,父母再次被捕 涉嫌监禁致死、弃尸 '在他嘴里塞了毛巾'"(《产经新闻》二〇一五年四月二十九日)。网络新闻报道也引发热议,评论区充斥着对皆川夫妇的咒骂,网上出现了许多讨论这起案件的帖子。

刚将之前的采访内容写成文章交给杂志社的我,着实为此感到震惊。到底发生了什么?

NHK(日本放送协会)新闻网是这样报道的:

■足立区三岁儿童下落不明 监禁于笼中、死亡 父母

被捕　涉嫌弃尸

东京都足立区一名三岁男童下落不明。日前,警视厅逮捕了男童的父母,两人涉嫌将男童监禁于装兔子的笼子中致其死亡,并将尸体遗弃在都内的荒川。

两人在警方的审讯中提到"因为孩子不听话,所以在他嘴里塞了毛巾"。

被捕的嫌疑人是居住在东京都足立区的皆川忍(三十一岁)和其妻子朋美(二十八岁)。

大约两年前,两人的次子玲空斗三岁时下落不明。

警视厅就两人在审讯中称"将尸体遗弃了"一事展开调查,目前认为,两人很有可能在前年三月前将玲空斗监禁于兔笼里,对其施暴长达三个月,致其死亡后将尸体抛进足立区的荒川。

此前的搜找并未发现尸体,但嫌疑人朋美供述"丈夫带着装着尸体的纸箱去了荒川"。此外,警方在荒川找到了兔笼。

两人在审讯中称"孩子不听话,我们嫌他太吵,所以在他嘴里塞了毛巾。两三天只给他吃一顿饭",对犯罪事实供认不讳。目前,警视厅正在调查案件的详细经过。

(NHK　二〇一五年四月二十八日)

上一次的审判未能查清有关玲空斗死亡的任何真相。如果无法让这对夫妻为玲空斗的死付出代价，警方相当于颜面扫地。也许正因如此，审判结束后警方仍然紧追不放，经常讯问二人，持续展开调查。

最终，警方成功地从朋美口中得知"曾将玲空斗监禁在兔笼里""可能把尸体扔进荒川了"这两个重要的信息。在荒川搜索时，虽未找到尸体，却在河底的淤泥中发现了兔笼和铲子。警方认为朋美的供词和间接证据已经足以起诉，遂以涉嫌监禁致死和弃尸为由将二人再次逮捕。

第二次审判的初次公审于二〇一六年二月二十五日在东京地方法院举行。我来到法院，看到一大群人在门口排队等待旁听者抽选——和上次审判不同，这一回，媒体已大张旗鼓地以"兔笼监禁幼童并虐待致死案"为题进行了连续多日的报道。各大媒体的摄像镜头架在法院门口。

上午十点开庭。约一年两个月的时间，忍大概瘦了三十公斤，整个人像泄了气的气球般干瘪，过敏性皮炎比之前更加严重，看上去无精打采。他散漫的态度依旧未变，一会儿摸摸腿，一会儿搓搓手，显得心浮气躁。

在提问被告的环节，忍的回答和上次一样暧昧不明。再次被指出他对孩子的虐待，他似乎也没有实话——"这个嘛……""我又没打算这样""我只动过一次粗"。回答检察官和法官的问题时，他明显在把对方当傻子耍，回答律师提问时却很细致，似乎事先有所准备。可一旦涉及不方便回答的问题，即便对方是为他辩护的律师，他也明显很不高兴。熟悉小时候的忍的宫本说得一点也没错，长大后的忍仍然自私而幼稚。

而朋美胖出双下巴的身材依然没变，审判中还是抬头望着天花板，翕动着双唇。无论法官问什么，她都是一副目光涣散的样子，看不出到底听进去没有。她的回答基本都是"是的"或者"嗯"。可一旦提到对自己不利的事，她立刻变得能说会道，把一切责任都推到忍身上。

她的病果真是装出来的吗？我坐在旁听席，竭力想要看穿真相。畑中和忍的母亲亚佐美都说她装病骗人，现在看来似乎也不无可能。至少从她的态度中，我感受不到一丝一毫对致使玲空斗死亡的悔意。

检方这次的态度和上一次审判时完全不同。夫妻俩一定还以为只要像之前那样含糊其词就能蒙混过关，但检方像是不遗余力地要判两人有罪，追责时直接深入玲空斗死亡的案件核心。尽管至今警方还未在山梨县和荒川找到尸体，但检方大概坚信，只要间接证据充足就能够判二人有罪。辩护方前脚请来朋美的母亲出庭做证，检方后脚就请朋美的妹妹站上法庭，揭露夫妻俩残忍而凶狠的虐待真相。

接下来，就让我们看看这第二次审判揭开了哪些谜团。

审判——二〇一六年

二〇〇七年,夫妻俩在足立区开始的新婚生活,似乎是以忍作为家里的劳动力为前提成立的。朋美患有哮喘,婚姻生活的大部分时间都怀着身孕。所以她总是躺在屋里的沙发上,指挥忍干这干那。

从在派遣公司工作的时候起,忍就担起了做家务和育儿的责任。换纸尿裤、洗澡、接送孩子上幼儿园等琐事几乎都由他一个人包办,在家做饭也是他在网上搜了食谱来做,除了炖菜什么都做过。据说饺子、炸鸡、炒菜都是他擅长做的。

忍每天操持家务,还要小心翼翼地对待朋美。他曾对孩子们反复说过:"我最爱的是妈妈,你们排第二。"可见他相当迷恋朋美。虽然朋美在法庭上淡然地否认忍说过这种话,说自己对此"没有印象",但既然朋美是忍的初恋,那句话还是很可信的。

二〇一一年,他们一家人住在埼玉县草加市的公寓的时候,家里开始出现虐待的征兆。在玲空斗之后,次女玲花出生一年有余,家里除了这两个孩子,还有夫妻二人、长女、长子和两只狗。

最早发现异状的是朋美的妹妹有纱（化名）。两姐妹的母亲小百合（化名）和朋美住在同一栋公寓的其他楼层，有纱是单身妈妈，带着孩子和母亲住在一起。有纱白天去打工谋生时就将孩子交给小百合看管。

有一天，小百合去和情人幽会后，与外界断绝了音信。由于钥匙被小百合拿走，有纱和孩子被关在了家门外。有纱跟朋美讲自己的难处，朋美却告诉她，忍前不久被警察抓走了，自己家还可以住一个大人。于是在小百合回家之前，有纱请儿童咨询所临时监护自己的孩子，自己白天去打工，晚上睡在朋美家。

听有纱说，她是在这时发现朋美有虐待行为的。朋美溺爱长子和长女，却对当时刚满两岁的玲空斗非常冷淡。玲空斗颤悠悠地站着跟妈妈撒娇，朋美却只是"哦——"地应付一句，对他不理不睬。一家人在一起吃饭时，朋美光顾着跟小百合聊天，对玲空斗不闻不问。

最让有纱觉得过分的，是玲空斗的生活环境极不卫生。没有人教他怎样上厕所，玲空斗每天要尿好几次裤子，尿液溅得到处都是，朋美却连地也不擦，被褥也不晒，任由玲空斗四处淌尿，然后让他睡在变了色、散发着尿臊味的被褥上。有纱还提到，朋美家的两只狗似乎也没有接受过如何排泄的训练，在家里随地大小便。屋子里想必臭气熏天。

兄弟姐妹之中，为何只有玲空斗成了碍眼的孩子呢？公开审

判中,朋美这样说道:

"玲空斗一直不太会说话……只会叫'妈妈''爸爸',简单的句子他只能说一半。比如'想吃东西',他只会说'想',不会把两个以上的词连起来……

"他也不会上厕所……教了却学不会,不愿意自己尿尿,总是尿裤子……我觉得他学不会,我教不了他,所以,就放弃了……"

也就是说,由于玲空斗不擅长交流,朋美对他态度冷淡。不过在这一阶段,夫妻俩对玲空斗的态度很可能已经不仅是忽视,而是演变成了肉体虐待。检方提供的新证据显示,同一年的七月到八月,玲空斗曾因遭遇交通事故在东京女子医大病院接受治疗。上次审判中,夫妻俩因诈取保险公司入院看护费被判有罪。当时,为玲空斗看病的医生在病例上留下了"衣服很脏""烟头烫伤?"等记录。忍说过自己从不吸烟,家里抽烟的人只有朋美。既然如此,玲空斗身上的烫伤有没有可能是朋美干的?

此外,第二年,也就是二〇一二年,玲空斗曾在二月五日到三月十九日被埼玉县越谷儿童咨询所临时监护。当时的员工观察玲空斗的行为习惯并留下了记录,据说他不光不会说话,还表现出了一系列异常行为,诸如打其他孩子并抢他们的东西、使劲舔桌子等。记录中还写着"身上有外伤,怀疑受过虐待"。这些细节都证明玲空斗不仅未经父母悉心养育,还遭受了暴力。

另一个证据是,上一次审判中提到,朋美的母亲小百合曾在这段时间向儿童咨询所举报过玲空斗遭受虐待。小百合在情人家住了一段时间，回到公寓后和忍与朋美大吵了一架。也许是为了泄愤，小百合联系儿童咨询所，检举了朋美虐待儿童一事。小百合每次和女儿们吵架行为都很过激，要么砸碎家里的玻璃窗，要么在锁眼里灌胶水，可见其不是一个明智的成年人。

儿童咨询所临时监护过玲空斗一次，接到这起举报后认为事态严重，打算仔细调查。但忍和朋美逃到了紧邻草加市的东京都足立区，在舍人站附近租了一套公寓住下。根据忍的母亲亚佐美的证词，忍在同一时间因为偷奶粉案和她断绝了往来。因此大概可以推断，皆川家就是从这时开始彻底成了一座孤岛。

不知道夫妻俩住在足立区的公寓时是怎么想的，竟然陆续领回好几只狗养在家里，数量超过了十只。并且只是喂食，不太照顾，狗儿们按照被领回家的顺序一个接一个地死去，每死掉一只，夫妻俩就和孩子们一起，将尸体扔进荒川。

在这样的日子中，夫妻俩开始了真正的虐待。三岁的玲空斗在家里活泼地跑来跑去，把东西扔得到处都是，成了虐待的导火索。

据两人说，玲空斗自己打开厨房的柜子，将面粉、芝麻油和酱油撒了一地，半夜还自作主张地吃剩在电饭煲和冰箱里的饭菜，甚至吃过冷冻在冰箱里的柳叶鱼。儿童咨询所临时监护玲空斗时的记录中也提到他乱丢东西，看来他确实有这种倾向。

发现玲空斗将家里的东西翻了个遍时，夫妻俩先是用言语斥责，但他似乎没能理解大人的意思，同样的错误犯了好几次。最后忍想："反正跟他说，他也听不明白。"他就动起手来。这一点也得到朋美的证实。

忍所谓的动手，不是轻轻打孩子的屁股或手那么简单。玲空斗浑身上下都是"让儿咨见了，一家人就会四分五裂"的瘀痕，想必忍在施暴时用的完全是对成年人的力度。也许他对待玲空斗就像对次女玲花一样，将他拎起来，对着他的脸拳打脚踢。

审判中，忍和朋美声称这些做法是对理解能力不足的玲空斗的"管教"。朋美在上一次审判中说过，自己害怕忍的家暴行为，不敢上前阻止，这次却轻轻松松地推翻了之前的话，为自己辩护。辩护方也认为玲空斗有"发育障碍"或"发育迟缓"的倾向，辩称这些倾向给养育他的父母带来了巨大的负担。

仅从审判中的说明来看，玲空斗的语言发育确实落后于同龄正常儿童，冲动的表现也很突出。辩护方请来一位医生上法庭做证，这位医生也从儿童咨询所的观察结果推断，玲空斗可能是"很难带的那一类小孩""缺乏自控能力"。

但必须注意的是，这些不过是夫妻两人的说辞，资料中玲空斗的状态也仅限于他处于儿童咨询所临时监护这一特殊环境之下的时候。朋美的妹妹、看着玲空斗长大的有纱对此有不同意见。二〇一二年夏天，朋美因怀孕而身体欠佳，有纱曾将玲空斗接到自己家代为照顾了一段时间。她说出了自己当时对玲空斗的印象：

"玲空斗不怎么会说话，确实是挺让人操心的孩子。不过，只要大人愿意听他说话，或者耐心地给他讲道理，他还是有明确回应的。他也有自制力，我不觉得他难带。"

有不少孩子过了两岁也说不利落话，如果是性格活泼的男孩，把饭菜随处乱丢更是很正常的事。没有受过得体教育的儿童，这样的特征会表现得更加显著。

有纱的证词可以说明，养育玲空斗在某种程度上也许比养育多数小孩困难。即便如此，一般的夫妻也会结合孩子的情况改变育儿方式，而两人仅因为玲空斗不听话就对其施暴。玲空斗的发育迟缓是否也因此变得更为严重了呢？

不过，夫妻俩似乎确实曾为抚养玲空斗而头疼，曾经屡屡向小百合和有纱抱怨玲空斗"不理解大人的话""不听话"。大概他们实在不知道该如何面对玲空斗这样的孩子。

这一年的夏天快要结束时，两岁的次女玲花也和玲空斗一样，开始在家里乱扔东西。问题愈加严重了。两个孩子把食用油全都倒在地上，擅自吃掉做好的饭菜，甚至会吃掉其他几个孩子的份。在夫妻俩眼中，玲空斗和玲花宛如破坏家庭的恶魔。

夫妻俩自觉已经对这两个孩子束手无策了，进入十月，他们开始向行政机构讨教处理方式。最早的咨询是在十月三日，政府部门给三岁儿童做体检的时候。当时的记录显示，玲空斗身高八十八厘米，体重十三公斤，略低于平均数值，并未发现大的异常。朋美在此时询问负责人：

"玲空斗不怎么会说话，让我很为难。他说话只会一个词一个词地往外蹦，把家里也翻得乱七八糟。我们说他，可他根本不听。"

负责人提议："给玲空斗做个心理咨询吧。"心理咨询能通过和孩子对话和行为测试检查孩子是否存在发育或心理障碍。负责人当场开始给玲空斗做心理咨询，可做到一半，朋美突然要求停止。

"我现在必须去学校接长女！下次再说吧。"

说完，她便带着玲空斗回了家，此后再也没有联系过负责人。

那年秋天到冬天，给孩子体检之后仍然怀着困惑的夫妻俩持续以电话咨询、向儿童咨询所求助等方式讨教应对方法。负责人考虑到二人的情况，提供了面谈和临时监护等方案，但两人每次都自作主张地爽约，或者不接电话。如此反复，夫妻俩主动放弃了求援。

两人为何没有接受相关部门的援助呢？忍对此的解释听上去像在说谎："（我当时想，）那家伙连话都不会说，要怎么接受心理咨询呢？"至于没有接受儿童咨询所的方案，他的说法是："这帮家伙光会动嘴皮子，还是算了。"朋美也表示，此前和相关部门商量的时候对方什么都没有做，于是他们产生了"对相关部门的不信任"。

但有没有可能是因为两人此时已经开始了对孩子的虐待,担心有关部门介入会暴露玲空斗身上的瘢痕呢?假若有关部门认定孩子被虐待,就会将他们临时监护起来,夫妻俩便会失去大额的补贴金——那可是他们仰赖已久的生活保障。所以不乏这种可能:两人事先商量好,一旦有关部门提出面谈或监护等方案,他们就单方面断绝联络。

将孩子监禁在兔笼中的行为,多半也是基于上述状况才发生的。十二月上旬,玲空斗像往常一样将厨房的食材摆了一地。仿佛是之前积累的情绪一下子爆发了,朋美指着家里的兔笼对忍说:

"把玲空斗关进去吧,别再让他闹腾了!"

忍同意了,于是将玲空斗关了进去。

那是一只有着粉色底座的笼子,栅栏是白色的。长五十七厘米,宽四十厘米,高四十六厘米。身高约九十厘米的玲空斗被关在里面,大概只能维持着低头抱住双腿的姿势,连转个身都不行。

监禁开始后没几天玲空斗就厌烦了,几次打开笼门逃了出去。但夫妻俩不放过他。他们用英语教材、哑铃等代替沉重的石块压住笼子上方的门,用束腹带系住笼子侧面的门,不让玲空斗出去。同时,他们用宠物狗的牵引绳套住玲花的脖子,将手持部分拴在床腿上,不让玲花四处乱跑。

夫妻俩认为这种行为不是虐待,顶多是"管教",以为只要在吃饭和如厕时放开孩子,就不算剥夺他们的自由。这跟养兔子和狗简直没有区别。而监禁日益升级,从那一年的年末开始,除去新年的三天,玲空斗每天二十四小时都被关在笼子里。造成这一局面的导火索,是朋美母亲家举办的圣诞派对。

那天,夫妻俩外出前将玲空斗等几个孩子放在了朋美的母亲小百合家。玲空斗在圣诞派对上吃掉了朋美弟弟的比萨。夫妻俩回来后,朋美听小百合提到这件事,大为光火,命令忍:

"听说这孩子又吃了别人的东西!给我吼他!"

忍对朋美百依百顺,在门口抓住玲空斗的脖子,将他拎起来凑到脸前,对他大吼:"你干了什么!"玲空斗吓得直哭,拼命道歉:"不起!不起!"(意思是"对不起")。

小百合看不下去玲空斗极度恐惧的样子,对朋美说:"快别让忍这样了!"朋美只好制止道:"行了,饶了他吧。"事情总算结束了。这是唯一一次旁人目击到的两人对孩子的虐待。然而,算上玲空斗被监禁于笼中之前经受的折磨,在足立区的这座公寓中,朋美动怒后命令忍痛斥孩子的事恐怕已经发生了无数次。

这天晚上,夫妻俩带孩子们回家后,玲空斗又吃掉了其他孩子的点心。夫妻俩觉得"不一直关起来是不行了",从此以后,就整天将玲空斗关在笼子里。

玲空斗在笼子中度过了一天又一天,动弹不得,身体日益衰弱。起初他还能摇晃着笼子,"哇——"地大喊,但吵闹的次数逐日减少，最终连话也说不出来了，只是待在笼中，死死地盯着家里人，目光里仿佛带着恨意。

朋美对玲空斗在笼中的眼神厌恶至极。一天，她对忍说"我不想和玲空斗对视"，命令他用东西把笼子盖起来。忍二话不说，用纸箱套住了笼子。这样一来，玲空斗连看看笼子之外的世界也做不到了。

夫妻俩承认这一行为是残酷的，却认为这是"没办法的事"。两人去有纱家做客时，忍曾淡然地对有纱说：

"玲空斗半夜会擅自吃剩饭或冰箱里的东西，所以我们就把他关到笼子里了。"

朋美在他身旁坦荡地应和着：

"我们把他关起来的时候，就让他穿一件T恤和一条纸尿裤。因为玲空斗还不会上厕所，不这样会把笼子弄脏的。"

有纱听了大吃一惊，提醒两人："这样可不行啊。"然而，两人似乎丝毫不觉得自己的行为有问题，并没有往心里去。

即便是做到这个地步，两人仍不觉得自己做了恶事。他们会在睡前一两个小时把玲空斗放出来，让他和其他孩子一起玩。这多少能证明他们那时还有认真养育孩子的意愿。但两人完全没想过今后要怎么对待玲空斗。"我想过，随着玲空斗的成长，笼子里就装不下他了"——朋美只想过这些，而忍那种得过且过的性格，只怕注定了他对未来根本没有计划。他从始至终都不经思考地执行朋美的命令，或者被当时当刻的情绪支配着行事，仅此而已。

到了二〇一三年二月，笼中的玲空斗明显虚弱了许多，连饭都不怎么吃了。到了这一阶段，他腰和腿的肌肉力量恐怕都已衰退，连站起来要求什么的力气也没有了。夫妻俩想的却是"（玲空斗）只要不进食就不会便溺"，两三天才给他吃一次东西。

就这样，那一天来了。

三月二日是一个晴朗的周六。夫妻俩早上七点起床，开车带长女和长子去购物中心玩。他们将玲空斗和玲花留在公寓里，这段时间他们已经习惯在外出时也监禁着这两个孩子。

四口人在购物中心玩了整整一天，晚上八点左右来到家附近的"华屋与兵卫"竹之塚店，点了牛肉火锅自助套餐。这里的基础套餐是每位成年人两千日元多一点，小学生半价，这顿饭至少花了六千日元。

一家人九点过后回到家，忍将玲空斗从笼子里抱出来换纸尿裤，给他吃了疙瘩汤。汤是忍做的，玲花也一起吃了些。玲空斗呆坐在地上，一边吃着忍喂给他的食物，一边喃喃地道："好吃。"虽然进度缓慢，但这时的玲空斗已经表现出成长的迹象，遇到高兴和愿意做的事，他一概会说"好吃"。

吃完晚饭，长子和长女看电视，玲空斗一个人玩积木。晚上十一点，还有一周就到预产期的朋美先进了卧室。长子和长女玩了一整天也很累了，相继进了被窝。

三人睡下后，忍再次将玲空斗放进笼子，一个人在客厅玩手机。异变发生在凌晨两点。笼子里的玲空斗突然发出"啊——""哇——"的怪叫。

会吵醒朋美他们的——忍想着，走到笼子旁边怒吼："给我安静！"玲空斗一下子便安静下来。但忍刚一离开，他立刻又"啊——""哇——"地大叫。不管忍说他多少次，他都没有要停下来的意思。

忍心想："他又学会新的捣蛋招数了。"既然如此，就只好用武力让他安静。忍打开笼子，将毛巾塞进玲空斗嘴里，然后在他后脑勺的位置系紧。叫不出声的玲空斗双手抱膝，不声不响地垂下了头。忍说大概在凌晨四点半之前，他观察过好几次，确认玲空斗没什么事。忍最后不敌困意，睡着了。

第二天早上刚过六点，太阳就出来了。窗外开始泛白，朋美和几个孩子还睡在一起。沉寂的空气突然被忍在客厅的叫声打破。当时大概六点半。

"糟……糟了！"

忍的喊声太大，吓得朋美一个激灵爬了起来。她走到客厅查看情况，只见忍正凑在笼子前头，观察里面的玲空斗。玲空斗嘴里塞着毛巾瘫软在笼子里，鼻子周围细密的白色泡沫已经凝固。那团泡沫有乒乓球大小。

朋美怀疑自己看错了。

"你……你干了什么?!"

"晚上他太吵了,我就给他塞了毛巾。"

"为什么要这样啊?!"

朋美走过去,发现玲空斗已经停止了呼吸。

忍将玲空斗放在地上,开始给他做心脏按压。玲空斗小小的身体只是无力地左右摇摆着。

朋美呆望了一会儿,坐也不是,站也不是。她摸了摸玲空斗的身体,还是温的。她想:如果浇些水在他身上,他说不定就会醒。于是朋美把玲空斗抱到浴室,打开莲蓬头,隔着衣服把水浇了上去。玲空斗还是没有睁开眼睛。

在一旁看着的忍耐不住性子,走过去再次给玲空斗做心脏按压,还做了人工呼吸。玲空斗小小的身体却变得越来越冰冷。

朋美面色苍白。

"喂,我们还是叫救护车吧。"

"不行,那样就等于我们杀了他。儿咨就会来,一家人就会被拆散。"

忍害怕两人将孩子关进笼子、对其施暴等行径败露。半年多前,他本人还因为盗窃罪被判了缓刑。到了这一地步,夫妻俩还是把自己看得比孩子的性命重要。

朋美又说了一次要叫救护车,忍的回答还是一样。朋美也害怕他们虐待孩子被发现后一家人会被拆散,无法再多说什么。于是两人达成了一致意见：一定要隐瞒玲空斗的死。

玲空斗的身子彻底凉了。忍似乎下定了决心：

"必须把玲空斗的尸体处理掉。要么埋到山里，要么沉进河里，二选一吧。"

孩子们已经醒来，目睹了眼前发生的一切。尸体肯定是不能放在家里的，朋美点了头。

忍打开电脑，开始在网上查找适合遗弃尸体的地方。其间两人有过讨论，诸如："如果沉进河里，要想不让尸体浮上来，就得在身上开洞。这样的话，玲空斗就太可怜了。"最终，两人得出结论："玲空斗喜欢大自然，把他埋在树海里吧。"就这样，他们决定将尸体遗弃在山梨县的深山老林里。

夫妻俩决定为玲空斗换下被淋湿的衣服。他们把他关在笼子里的时候，只给他穿一件T恤和纸尿裤，唯独此时给他换上了牛仔花纹的裤子和长袖衬衫，穿上袜子，还穿了鞋。然后用"妈咪宝贝"[1]的纸箱当棺材，将尸体放在里面。大概是想给孩子办个葬礼吧。

带长子、长女出门的时候，已经过了中午。夫妻俩先去五金店买了铲子，又在附近的便利店买了朋美要抽的烟和当作午饭的饭团、乌龙茶。车子载着玲空斗的尸体驶入中央机动车道，一路

---

1 妈咪宝贝：日本尤妮佳集团旗下的婴儿纸尿裤品牌。

朝山梨县驶去。

　　一家人在车里是怀着怎样的心情吃下饭团的？一路上又说了些什么呢？法庭上没有提到这些。不过八王子立交桥的自动车牌辨识系统显示，晚上七点零四分，朋美一家开着车经过。那毫无疑问就是夫妻俩带着几个孩子，载着玲空斗的尸体去山梨县弃尸的记录。

判决

审判自二〇一六年二月二十五日开始,进行了一周多的时间。和上次不同,这次是一起审判,夫妻俩挨着坐在同一个法庭上,能够听到彼此的供述。

两人全都面无表情,只是淡淡地回答提问。由于他们表现得过于冷漠,律师害怕给法官留下不好的印象,特意给他们找了个台阶,询问他们:"你们有在反省吧?""是不是认为自己做了错事?"但他们只回答了一句"是的",声音也没有一丝变化。他们的态度根本无法让人相信他们认识到了自己的错误。

例如,被问到如何看待致使玲空斗死亡一事时,朋美的回答是:"每天都在念诵《南无妙法莲华经》反省。"但实际上,遗弃玲空斗尸体的第二天,一家人就在朋美"转换心情,减轻压力"的提议下去东京迪士尼玩了一整天。她还有几天就到预产期了,如果真心追悼死去的玲空斗,怎么可能撑着临盆的身子去游乐园呢?

忍和朋美一系列不负责任、无所顾忌的发言令检方几次皱起眉头,郑重地摆出一个接一个的证据。整个审判过程,简直像是检方在通过举证，尽一切可能让两人意识到自己所犯的罪行究竟有多残酷、多深重。

审判的最大争点，在于夫妻俩的行为是否适用于监禁致死罪。也就是说，问题的关键在于两人是否认可玲空斗因口中被塞毛巾且被监禁在笼子中而死亡。

忍承认自己在玲空斗的嘴里塞了毛巾，但坚称"他可以自由呼吸"。朋美则为自己开脱，表示那天晚上自己睡得很早，根本不知道发生了什么，监禁和在孩子嘴里塞毛巾都是忍的个人行为。两人都一口咬定玲空斗的死和自己无关。

而检方摸清了玲空斗从遭遇虐待到死亡的经过，认为从玲空斗鼻子里流出并凝固的白色泡沫是"慢性窒息"（经过较长时间达到窒息）引起的。此外，朋美也同意监禁玲空斗，还下过命令，很明显是忍的共犯。

对法官和审判员来说，这无疑是一次艰难的裁决。然而，法院最终认可了检方的意见，认为"导致玲空斗死亡的事件是两名被告共谋的监禁行为的一部分（中略），无法看作其他行为"，判令两人的监禁致死罪成立。

在法庭上，被告从始至终被追问的另一个问题，是他们到底将玲空斗的尸体遗弃在了哪里。

忍的供述如下。二〇一三年三月三日晚，一家人驱车前往山梨县，将车停在河口湖附近的N社停车场，打算挖开停车场旁边的土地，把尸体埋进去。但当时的气温低于零摄氏度，土被冻住了，挖不开。于是他们放弃了这个地方，又来到附近的 K 社周围尝试挖土，还是挖不开。

一家人开车回到 N 社的停车场，花了大概十分钟，总算挖出了一个长一米，深三四十厘米的洞。忍把一起来的长子抱进洞里试了试，确认大小足够，于是搬出装着玲空斗的纸箱，把尸体放进洞里。最后忍和长女一起，将落叶盖在洞上，将洞填平。

然而，朋美的供述和忍不同。她说自己当时快要生产了，无论是车开到 N 社还是 K 社附近时，她都在车里休息，没有出去，没有目击究竟发生了什么。但她看到忍好像没怎么挖土就回来了。而他们开车从山梨县回到北千住站附近时，忍将车停在荒川旁边，说要"把纸箱扔掉"，她看到忍扛着箱子往河堤那边去的身影，觉得箱子似乎很重。第二天，她又看到忍将兔笼和铲子扔在了同一个地方，站在河堤上祈祷，所以她"认为忍将尸体扔在了荒川"。

她还补充道：

"以前，我们家的狗等宠物死掉的时候，丈夫就带着孩子们一起把尸体扔到荒川里……所以我觉得（丢弃玲空斗时）应该也是一样。"

皆川家曾在朋美所说的那个地方丢弃过许多具宠物的尸体。

而皆川家的长女承认父亲曾在山梨县挖了一个洞，却拒绝提供进一步的证词："挖了两次之类的具体的事情我不记得了，你们问爸爸和妈妈吧。"或许是过于沉重的事实令她闭口不言，也或许是她的大脑已经自动抹除了这段记忆。

警方依照两人的供述在荒川中进行打捞，但只找到了笼子和铲子。审判中，检方、辩护方和法官反复追问二人，但直到最后也未能得到一致的供述。

"我没有把尸体扔在荒川，而是埋在山梨县了。虽然不愿细想，但尸体可能是被动物挖走了，所以才找不到吧。"

"我一直没有下车，所以不确定尸体到底扔在了什么地方。不过，他说过想在山梨的停车场挖土，但土太硬，挖不开。而且我看到他把纸箱扔进了荒川，双手合十，后来他好几次去荒川都要祈祷一番。"

最开始，我曾怀疑两人为了减轻自己的罪责，故意在供述时说谎，但听着他们的回答，我渐渐开始觉得，说不定他们是真的记不清了。也许对他们来说，这并不是值得铭记的事。

彻底查清尸体是否沉在荒川之中大概要花两亿日元，警方最终放弃了搜查。法官也在未找到尸体的情况下认定二人确实遗弃了尸体。

三月十一日，法官就监禁致死罪和遗弃尸体罪，对夫妻二人做出审判：

判处忍有期徒刑九年。

判处朋美有期徒刑四年。

就这样，玲空斗死去三年后，案件终于画上了休止符。

然而，追踪这起案件将近两年的我，心中留下的只有不快。两人说他们是爱玲空斗的，也说他们为虐待和监禁而后悔。据说玲空斗死后，他们去了荒川很多次，每次来到那里，都会合掌祈祷。

然而，如之前所述，我很难相信两人的悔过发自内心。于是，我试着从忍的角度思考。通过迄今为止的采访，不难想象以忍的脾气，他确实可能在应付不来的时候被情绪支配对孩子动手，也可能听朋美的话，将孩子监禁起来。

可朋美那边又是如何呢？她也和忍一样性格扭曲吗？还是说她更加狡猾？要想弄清案件的真相，就有必要探究朋美的内心。

另一个怪兽

三月十七日,审判结束后大约一周。这天早上,我在地铁千代田线绫濑站下车,朝西北方向走去。

天气晴朗,碧蓝的天空中没有一丝云翳,气温似乎也比往常的这个季节高不少。也许是阳光明媚的缘故,整条街道亮堂堂的,和我擦肩而过的每一个人仿佛都很开心。

过了从首都高速公路下方流过的绫濑川,眼前的风景倏然改变,几乎让人怀疑是不是不小心走到了其他的城镇。街上一个人影也没有,锈迹斑斑的街道工厂和青苔斑驳的住宅区突兀地立在眼前。按照地图,我此行的目的地就在这片住宅区的深处。

这一天,我和朋美的母亲小百合约好,去她居住的市营住宅采访。花了一年多,我终于找到了她的住处。我打算通过小百合了解朋美的生平和性格特征,不过,我心里还记挂着一件事。

不久前,我从某人手中得到一张忍和朋美一家的全家福。随着采访的深入,在见到熟悉夫妻俩的人时,对方给我看了那对夫妻的全家福和相互之间的书信。

我本以为会通过这些物件看到一个悲惨的家庭，找到虐待的证据，但眼前的三十张照片一张张地违背了我的预期。一家人和睦地凑在一起，或是比着V字手势，或是笑着脸贴着脸——我看到的，净是这样的照片。

忍和幼小的孩子们一起泡澡，脸上带着幸福笑容的照片。

孩子过生日时，大家一起给蛋糕插蜡烛、给孩子庆生的照片。

在镜头前笑垮了脸的照片。

朋美生完小宝宝，忍带孩子们去探望，抱着刚出生的小婴儿的照片。

这些照片中，也有玲空斗鼻青脸肿地裹着绷带的样子，以及好像被宠物牵引绳拴住的玲花。但就连这两个孩子，也和他们的兄弟姐妹一样，在镜头前笑得一脸灿烂，黏着忍和朋美。夫妻俩的神情也和审判时判若两人，显得开朗且幸福，搂着孩子们的肩膀，和他们一起摆着姿势。

对方还给我看了朋美写给忍的信。其中一封是他们虐待孩子的那一年写下的。看内容，大概是忍因为一些轻罪被捕，在警署接受审问时，朋美写给他的。

给孩子爸爸：

　　这周我们没怎么见面呢。

周末应该也见不到了，所以写信给你。

到周五就整整十天了。你离开家之后，马上就要过去十天了……

孩子们还是和上次跟你见面时一样健康，不过大家都很爱爸爸，你不在，他们很寂寞。

但他们是因为我身体这样，才表现得很坚强吧……不管他们多小，也都明白。妈妈没有爸爸就不行了。

让孩子们反过来为我操心，我真是个笨蛋……不过，我和他们的想法是一样的！

无论我们怎么争吵，你都是我的唯一。我不能没有你……希望你能早点回来。回来之后，我们一起从头开始，笑对生活！

我边写信边想，自从你离开之后，我连笑都不会了。这是为什么呢……我们见面的时候，我有好好笑着和你说话吧？

一个人带着五个孩子，实在好辛苦……只有孩子爸爸回来了，我们才是和和美美的一家七口哟！（以下略）。

独自在足立区的公寓里照料五个孩子的那段时间里，朋美不时去探望被警方拘留的忍，或是写信给他。从信中的文字可以看出，朋美真心爱着忍，并且很在意孩子们的感受。

朋美的信中还夹着孩子们写的东西。为了保护他们的隐私，此处按下不表。透过文字，孩子们对忍的爱慕，以及盼望他早日回家的心情一览无余。

看到这些照片和信，之前对皆川家虐待儿童的印象在我心中无声无息地瓦解了。采访这起案件之前，我一直认为忍和朋美单纯是为了钱才生下孩子、将其杀害并藏起尸体的。听说他们把孩子关在笼子里，我也认为既然他们只把孩子当摇钱树，确实可能做出这种事。

但采访进行到这里，看到这些东西，我不得不承认，夫妻俩也是尽他们的努力在爱这个家的。尽管爱的方式和感受从根本上说是错的，但他们确实曾尽自己的全部努力，去打造一个充满孩子的欢笑声的温暖的家。意识到这一点后，我不禁感到一种悲伤：这对夫妻爱着他们的孩子，所作所为却只会令家庭走向崩溃。

从车站出发，步行三十分钟后，我终于来到朋美母亲居住的市营住宅。四层高的楼房墙壁刷成暗沉的灰色，没有电梯，只在楼房两侧建有昏暗的楼梯。看到这座楼时，我想起忍的外祖父家，也就是他母亲亚佐美在足立区的老家，也是同样老旧的市营住宅。

我在一层的某扇门前按下门铃，里面传来一个女人的声音。

门开的同时,一只白色的小狗向我飞奔而来。空气中弥漫着呛人的动物臭味,小百合靠墙而站。她比朋美还胖,下巴上的肉垂着,四肢的肉像婴儿似的绷得紧紧的。

"初次见面,请多关照。我是此前联系您的石井。"

我低下头,小百合发出呻吟似的轻声,向我招了招手,像是示意我进屋。我脱了鞋,一面推开缠着我的狗,一面进了屋。

这是一所典型的市营住宅,有两个房间。进门就是三叠大的厨房和餐室,再往里是两个并排的房间。我事先调查过,这栋房子的房龄将近三十年。垃圾袋和调味料等物品凌乱地摊在地上,厨房里脏的碗盘叠在一起。屋里没开灯,光线暗淡,刺鼻的动物臭味让我几乎喘不过气来。

朋美和忍一样,是五个兄弟姐妹中的老大。老二是长子(采访时二十七岁,下同),再往下是同母异父的次女有纱(二十四岁)、次子(二十三岁)、三子(十三岁)。听说现在住在这里的,是小百合、有纱、三子和有纱单亲抚养的孩子。

小百合好像腿脚不方便,走路时扶着墙,摇晃着庞大的身躯。水槽对面有一张小小的矮脚餐桌,她坐在桌前的椅子上,指了指地板,示意我坐在地上。我挪开脚边的纸屑和塑料瓶,盘腿而坐。方才那只狗摇着尾巴,跳到我腿上来。

小百合也不开灯,抱着一个纸巾盒,每隔几秒就抽一张纸巾擤鼻涕,然后将纸攥成一团丢在地上。她好像花粉过敏,说是从早上开始就一直如此,身边已经堆起一座三十厘米高的庞大的纸巾山。

在屋里的恶臭引起的一阵阵反胃之下,我先从朋美的成长经历问起。小百合回答时,下巴上的肉跟着摇晃。

"破梅素流郎加村欻豁子。"

……我根本听不清她在说什么。大概反复问了四次,我总算弄明白了——她说的好像是:"朋美是牛郎皆川的孩子。"

我一度怀疑她有语言障碍,问了才知道,刚刚五十一岁的她牙齿已经掉光了,却一颗牙也没镶。她说戴假牙太痛了,所以不戴。为了方便读者理解,以下内容是我在对话中再三确认后,整理成的文字。

小百合的老家有很多土地,在足立区五反野站附近。小百合是家里的长女,虽然家境优渥,她却自幼品行不好,是个无论走到哪里都会惹是生非的孩子。受到这种性格的影响,她高中三年级上到一半就退学了。然后好像就在银座等地做夜店小姐。

那时,日本社会正要迎来经济泡沫期的巅峰。成捆的钞票在夜晚的街巷交易,小百合似乎也挣到了十几岁的人很难挣到的大钱。她很快就学会了寻欢作乐,把用不完的钱花在牛郎店里。她当时经常去浅草一带逛店,在那里认识了牛郎皆川,后来和他结了婚。

小百合给皆川打赏。在皆川的要求下,她花的钱似乎不在少数。后来两人也会去外面约会，慢慢发展成了恋爱关系。说起来，小百合就像金主，皆川就像吃软饭的。

二十二岁时，小百合怀上了皆川的孩子，也就是朋美。小百合生下朋美时两人并未结婚，随意的关系又持续了一年多，小百合怀上了长子，又将孩子生了下来。两人尽管从未同居过，却生下了两个孩子，不结婚实在有些说不出去。不过，毕竟一个人是牛郎，一个人是夜店小姐，结婚一年多以后两人就离婚了，直到离婚两人都没有同居过。

小百合和皆川结婚时好像同时和好几个男人交往，离婚后很快就和另一个男人再婚：冈岛圭介（化名），机动车保养公司职员。朋美和冈岛生下有纱、次子和三子。小百合再婚时，朋美只有四岁，由于从未和亲生父亲皆川住在一起，她一直深信冈岛就是自己的生父。

再婚后，小百合依旧不走寻常路。频繁搬家就印证了这一点。凭她那种粗暴的性子，她无论住在哪里都会和人起冲突，然后住不下去，逃到其他地方。受此影响，朋美虽然没有转学，却在四岁、六岁、八岁、十二岁、十四岁初中毕业时搬了五次家。如此混乱的生活，给年幼的朋美带来了怎样的精神影响呢？事实上，朋美和忍结婚后，也是每隔几年就搬一次家。

初中三年级的九月，朋美脱离了正常的轨道。当时她和大自己一岁的学长交往，和对方的家人也相处得很好，遭到了同年级女生的忌妒。朋美遭遇了严重的欺凌,开始不去学校上课。

同一时期,又有一件大事发生在朋美身上。一天,小百合带她到竹之塚车站附近,然后突然将她推到一辆停在路边的车里。她的亲生父亲皆川坐在车里,小百合直截了当地告诉她:"这个人才是你真正的父亲。"可以说,这件事对朋美造成的冲击也是她不去上学的原因之一。无论怎样,直到初中毕业,她再也没去过那所学校,自己找了一所民办学校上课。

初中毕业后,朋美升入不需要科目分数即可入学的都立学分制高中,也就是所谓的"机会高中"[1]。尽管一度不去上学,但朋美还是向往学习,可见当时的她还是希望自己的人生之路走得尽量正常的。

然而,小百合拖了孩子的后腿。冈岛发现她一直秘密地欠了一笔巨款,因此和她离婚。此时小百合正怀着身孕,不得不以单身妈妈的身份生下第五个孩子。

小百合已经辞去夜店的工作,是保险公司的推销员,工资中有很大一部分要靠提成,刚生完孩子的时候,她必然几乎没有收入。在这样的背景下,朋美犯了和钱有关的错误。高中二年级时,她告诉和她交往的学长自己怀了孩子,骗取了一笔手术费。最后,朋美因此接受了校方的退学处分。

---

[1] 机会高中:日本针对学习能力欠缺、存在发育障碍或曾拒绝上学、中途退学等未接受正规教育,但还想在高中学习的学生开设的学校。

随后，朋美和当年的母亲一样成了夜店小姐。既已被逐出校门，家里又很穷困，她也只有走上做酒水生意的路。最开始，她在江户川区葛西的一家夜总会上班，但搞不好宿舍里的人际关系，又离职回家，在竹之塚站东口附近的一家夜总会找到了工作。前面提到，朋美和店里的一位客人之间有了长女，但由于对方比自己大二十二岁，已有妻子儿女，两人没有结婚，对方付了一笔抚养费，就和朋美断绝了关系。

长女出生后不久，朋美开始去竹之塚一带的牛郎店 M 玩。生完孩子后她休息了一段时间，想要打发时间。她听说小百合不介意自己上了岁数，现在还去 M 给牛郎打赏，就请母亲也带自己去店里看看。

M 是朋美去的第一家牛郎店。之后她就像曾经的母亲一样独自去玩，一下子陷入享乐的旋涡，成了店里的常客。然后她遇到了忍，和他结合，并逐渐走上犯罪的道路。

小百合频频擤着鼻涕，带着浓重的鼻音，颇自豪地说道：

"那家牛郎店，是我，经常去的地方！特别好！朋美也常说'想去'！"

我想过她多半只会拣好听的说，即便如此也没想到她能说出这种话来。在她的生活中，一定还有数不清的事情无法用常理解释。朋美作为长女在这样的家庭中长大，只怕根本没有机会培养道德观、正常的价值观和同理心。

问及小百合的腿脚问题时,我真真切切地感受到了这一点。她若无其事地回答:

"我和别人婚外恋来着!我的情人,跟我长子的女朋友有一腿!于是,我去他家里,结果被从公寓楼的三层推了下来!"

据小百合所说,在四十五六岁的时候,她和一个小她八岁的男人谈过恋爱。对方已有家室,是建筑行业的人。但这个男人和小百合长子的女朋友发生了肉体关系。小百合气得跑到男人的公寓,反而被对方从三层楼上推下来,腿脚就这样落下了毛病。

小百合的性情一定一直如此。而朋美自幼被卷入类似的风波中,必然有时受到伤害,有时则模仿母亲的做法。

还有一点值得注意:忍也是在类似的环境中成长起来的。他还未懂事就被送到婴儿院、福利院,好容易回到自己的家,被称作"怪物"的母亲亚佐美又让他见识到父母的丑恶一面,动不动就莫名其妙地朝他怒吼,或是将他放在一旁,不闻不问。

如此长大的两个人相遇后仅仅一个月就住在了一起,尚未深入了解彼此就组建了家庭。"皆川家"最终走进了死胡同,悲剧发生了。

我直截了当地问小百合:您认为这起案件是为何发生的?小百合大张着嘴喊道:

"忍!"

我闻到了一股口臭味。

"是忍的错！忍是在福利院长大的，不懂得什么是家！所，以，才，杀了玲空斗！"

她的唾沫溅到我脸上。我不禁想问：既然如此，您又可曾教过朋美，什么是真正的家吗？

小百合继续道：

"朋美，只不过是听从忍的摆布！"

小百合似乎深信一切都是忍的错。但她必然清楚，是朋美命令忍对玲空斗施暴，将玲空斗监禁的。我提到这些，小百合再次张大了嘴，道：

"我，管，不，着！"

——这不是您在法庭上说的吗？

"……"

我将问题重复了一遍，小百合吼出一句我完全听不清的话，然后就陷入了沉默。

没办法，我只好改换问题，问她觉得玲空斗有没有发育障碍。

"没有！玲空斗，是正常的孩子！"

小百合打了一个响亮的喷嚏，重复道：

"正常！正常！"

——不过，忍和朋美并没有教育他吧？

"那是他们俩不行！总是跟孩子发火！"

——另外,有人怀疑朋美装病。她有心理疾病吗?

"没有!"

小百合喘了口气,又回答了一遍:

"除了助眠药,她什么药都,没,吃,过!"

这不是一方面说责任不在朋美,一方面又承认了朋美的虐待和装病吗?

小百合说话时也是每隔几秒就抽一张纸巾擤一擤鼻涕,试图建起第二座大山。狗凑上来闻了闻味道,跟着打了个喷嚏,纸巾之山塌了。

我决定继续提问,关于她曾经跑到忍的母亲亚佐美家要钱的事是否属实。小百合对此事有印象。

"那是,忍欠的账!他欠了十六万日元话费没交!"

据说是忍收到了交话费的账单,朋美直接转给母亲家,请母亲代为支付。可小百合为什么要给忍交话费呢?

"忍和朋美办不了手机业务。所以,是用我的名义办的。但,是,他们竟然不付账!"

她大概是想说,两人上了通信公司的黑名单,无法以他们自己的名义办手机业务吧。

到忍的母亲家要钱无果后,小百合让长子给对方打了一通恐吓电话。长子如今在做什么呢?

小百合大声擤了鼻涕,然后答道:

"在监狱！"

——他犯了什么事？

"因为兴奋剂！"

——即便如此，您还是认为忍的母亲那边做事不懂规矩？

"那家人，对孩子不闻不问！"

我想，再这样聊下去也没有什么意义了。忍的母亲认为案件是朋美的责任，朋美的母亲则把责任推到忍的头上。其中不存在像样的道理，两家人只是相互推卸罪责罢了。

与其说一切的源头是忍和朋美，倒不如说是生下这对夫妻的父母。这起虐待案并非夫妻俩的恶意驱动的，他们对孩子尽了他们能尽的爱意，玲空斗也爱着自己的父母。尽管如此，悲剧还是发生了。那么，究竟要如何追究其背后的原因呢？

我耐不住房间里刺鼻的恶臭，决定简单道谢后离开。拉开缠着我的狗，我来到门口穿鞋，那里凌乱地摆着好几双童鞋。挂在墙上的一张照片吸引了我的目光，我拿过来瞧了瞧，大概是十年前一家人在照相馆拍的照片。十几岁的朋美穿着和服。染着黄色头发的小百合穿着正装，俨然一副夜店女郎的模样。

乍看上去，照片中是一户和和气气的普通人家。但那年轻的面孔、花哨的服装和浓厚的妆容都能说明，案件在那时已经毫无疑问有了邪恶的萌芽。在忍、朋美和孩子们一起拍的全家福和他们往来的信件中，我也能看到同样的东西。

一个念头忽然闪过我的脑海，我问出了最后一个问题。

——朋美和忍的孩子们，现在怎么样了？

"他们在福利院！"

——也就是说，他们被监护了？

"对！"

我深深地怜悯活下来的六个孩子。他们一定目睹了玲空斗被父母亲手监禁于笼中，瘦弱至死的全部过程。而即将上小学三年级的长女和小学一年级的长子，甚至还在父母的要求下参与了弃尸。毋庸置疑，这些记忆终生都不会从他们的脑海中抹去。

六个孩子目前受到《儿童福利法》的保护，我不清楚他们如今在什么地方，做着什么。和案件相关的事恐怕会封印在他们的内心深处，直到死他们都不会说给外人听吧。就算朋美和忍想尽办法，一家人今后肯定也无法被允许住在一起。我能做的只有祈祷几个孩子从零开始，逐渐把福利院的员工当成他们的亲人，长大后不要重蹈生身父母的覆辙。

我将照片放回原位，出了门。一阵大风吹过。市营住宅前面是一个公园，攀爬架、秋千等游乐设施沐浴在阳光里。这些设施想必是住宅区的设计者为入住公寓的人和当地的其他居民准备的，但在这个工作日的白天，公园里却不见母亲和孩子们的身影。沙坑里的细沙被风吹得打着圈，褪色的游乐设施在沙尘中显得晦暗而模糊。

尾声

"婴儿篮"

出租车在茨城县土浦市的一座绿意葱茏的小山上慢悠悠地开着，时不时有一粒小石子从轮胎旁迸开。沿着缓坡向上爬，竹林、杉树林的面积越发广阔，这一带的居民在自家园子里都有精心打理的家庭菜园。杂草茂盛的空地上放着投币式碾米机，是为这一带的大量农户预备的。

车开了一会儿，一片古色古香的木制平房区映入我的眼帘。房子每三栋为一个小区域，与另外三栋面对着面排布。出租车停在这片平房区前面，我走了进去。不经意间看到，平房挂着的薄窗帘后面，有两个体形微胖的女人坐在电视机前。年轻女人的肚子胀得像气球一般，一看就知道即将生产。挂在晾衣竿上的孕妇服随风飘荡。

这些平房是为孕妇准备的宿舍，房产所有者是为特殊抚养关系提供支持的NPO（日本特定非营利组织）法人"婴儿篮"。有一些孕妇因为各种各样的原因没能接受人工流产手术，明明无法抚养孩子长大，却不得不把孩子生下来。她们希望通过特殊抚养关系制度，请别人收养她们生下的孩子，自此切断孩子和自己的关系。"婴儿篮"为这些孕妇提供宿舍，在生产前照料她们的起居。提出弃养申请的母亲生下孩子后，员工会去医院接走孩子，将婴儿送到养父母手中。

我选择于二〇一六年五月来到这里，自然有我的理由。花费两年时间调查完这三起案件，我心里有一种无可奈何的愤懑。这几个家庭走到犯案的地步，与每个家庭成员的成长环境是分不开的。化身为加害者的父母也好，化身为牺牲品的孩子也好，成长环境是无论如何也无法靠他们的力量改变的。或许是这一点让我格外放心不下。

只不过，处在相似境遇中的父母和孩子，不一定都会走到最糟糕的那一步。也有人遇到某些契机，从此开启了完全不同的人生。在采访的最后，我想来这里一趟，亲眼看看走上迥异道路的孩子。

沿着平房宿舍旁边的小路一直往里走，有一座崭新的独栋建筑。这里是"婴儿篮"的事务所。

我按下门铃，门开了，法人代表冈田卓子（五十七岁）走了出来。她戴着眼镜，看上去是个开朗可亲的人。

"好久不见啦！天气很热吧？"她笑着说。

冈田的衬衫袖口挽着，额上隐约沁出汗珠。

"这个月赶上婴儿出生潮，搞得我手忙脚乱的！全国各地都有宝宝出生，每生一个都要去医院接了送到养父母那边。刚从岐阜回来，马上又要去名古屋和北海道。孩子们要出生的时候，都是扎堆地来呀。"

她每次都这么说——我心里莞尔一笑。

其实，我从一年前就开始拜访这里，已经和冈田、孕妇们交流过了。就在两周前，我还见过这里的两名孕妇。

走进大门正对着的办公室，墙上挂着好几张养父母抱着婴儿微笑的照片。这些婴儿都是在冈田的周旋下找到养父母的。墙上还有亲生父母和养父母将孩子夹在中间，脸上满是幸福而腼腆神色的照片。

冈田成立"婴儿篮"是在二〇一〇年。她自己没有孩子，大概十五年前领养了一个女孩。一开始她主要在当时关照她的团体帮忙，后来她独立出去，成立了为特殊抚养关系提供支持的社会团体。目前，冈田每年会处理五十到七十个特殊抚养关系个案，常年有三四十对夫妻等着从这里领养孩子。在同类团体中，"婴儿篮"算是规模较大的了。

我在沙发上坐下，立刻有员工端来抹茶蜂蜜蛋糕和冰好的茶水。冈田坐在我正对面，一边用叉子吃蛋糕，一边和我聊起来。

"上次你来采访之后，那两个女孩都说很开心。她们一个十九岁，一个二十四岁，十九岁的那个刚才已经见红了，一会儿我就要带她去医院。说不定今天晚上或明天就生了。"

在这里，随时都有大着肚子的孕妇，经常有人临盆。刚查出怀孕男朋友就跑了的女高中生，不知道肚子里的孩子的父亲是谁的夜店小姐，怀上婚外恋对象的孩子的有夫之妇……一年前我第一次来这里时，就有一个胖乎乎的风俗店小姐怀上了客人的孩子，同居的牛郎又对她施暴，于是她选择分娩前的一个月在这里度过。这些女性生下孩子后，就像什么事都没发生过一样，只身一人从这里离开。

"那个十九岁的孩子，你不觉得她是我们这里少见的普通女孩吗？来我这里的大都是'问题女孩'，像她这样的普通女孩不多见。她已经在宿舍住了四个来月了，说是肚子大了以后，不能被邻居们看见。"

据说，那个女孩是读高中时发现怀孕的。之前就读的是一所初高中一体化的学校，成绩优异，但高中时和打工认识的朋友混在一起，变得贪玩，最后从高中退学，转去了函授制的学校，高三第二学期怀上了恋人的孩子。听说她考虑过做流产手术，但一次因为不规则出血去医院做B超时看到胎儿的模样，她又决定将孩子生下来。然而，男朋友留下一句"我没有结婚的打算"就离开了她。她认为一切都是自己的责任，随后决心以特殊领养的形式送走孩子，从头开始新的人生。来到这里的宿舍后，她考上了大学，分娩后一个月她就会去学校报到，打算今后做一名教师。

"那孩子一直是往前看的。她的屋子里放着大学教材，一直在学习。要是大家都像她这样就好了，不过这也是不可能的。时不时还有人临到预产期，才跑过来向我们求助呢。甚至还有人患上妊娠高血压，来的时候都奄奄一息了。哪怕早来些也好哇。"

两周前我见到的那位二十四岁的女性川西知惠（化名），也是冈田口中的"问题女孩"之一。

"川西知惠就很不容易，市役所的人一直在监督她呢。她有一个五岁的女儿，但来我们这里之前，她好像根本不照顾那孩子。不送孩子去保育园，也不带孩子做定期体检，市役所的员工去家访，她也不理会。市役所一度无法确认她的女儿是否还活着，事情闹得很大呢。"

原来市役所已经将她的女儿记在"下落不明儿童"的名单上，展开了调查。

"她平时沉默寡言，我在许多方面也不了解她。不过，既然养不好长女，再生一个孩子也是一样吧。她自己也意识到了这一点，就说想到我这里来。她的父母家暴很严重，五岁的女儿不能请外公外婆来带，她又和丈夫离婚，现在孩子在前夫的父母那里。她一周前生完了孩子，现在恢复过来了。你跟她好好聊一聊吧。"

"下落不明儿童"的母亲

我敲了敲宿舍的房门，川西知惠开了门。她是一个皮肤白皙，体形偏胖的女人，长发染成黄色，性格温和，带着一脸客气的笑容。

我走进去，宿舍的布局是两室一厅。这栋平房是冈田父母家的出租房，租户搬走后，改成了"婴儿篮"的宿舍。冰箱、餐具、换洗衣服、洗衣机等生活必需品一应俱全，孕妇可以拎包入住。

我坐在客厅的矮脚餐桌前，听知惠讲了她的故事。我先问她为什么会来到这里，她抱膝而坐，面带微笑地想了想，摇摇头，苦笑着回答："不知道哇，嘿嘿。"我换了方式又问了一次。她咬着食指，回答时像在谈论别人的事。

"嗯——怎么说呢……从网上知道的？可能是看手机时看到的吧……嗯，我也不太清楚……嘿嘿。"

她似乎不善于和人交流，看上去没有恶意，但无论我问什么，她的回答都含混不清。

我问了很多问题，姑且将她的故事总结如下：

一九九一年，知惠生于茨城县的一个海边小镇，是家里的长女。她家是做建筑业生意的，父亲、母亲和祖母一起，在两层的独栋房子里生活。她的父亲酒品不佳，喝醉后常不管不顾地发火、打人。母亲厌倦了这样的生活，生下一个小知惠两岁的男孩后，就离开了这个家。

离婚后，父亲将暴力发泄在知惠的祖母身上。他借着醉意，殴打年迈的亲生母亲。而祖母也在知惠上小学六年级时因病去世。

父亲大概就是自那时起开始对知惠动手的。他让知惠承担全部家务，一有做得不如他意的地方就大吼大叫，或是用东西丢她，对她拳打脚踢。家里没有别人，邻居也帮不上忙，知惠只能哭着等待父亲的暴力结束。对她来说，父亲就是绝对的恐怖。

升上初中时，知惠已经形成了沉默而消极的性格。听说在父母的暴力下长大的孩子，会逐渐失去自我，最终变得意志薄弱。没多久，知惠就不再去上学，和其他学校不上学的学生一起打发时间，整日无所事事。好容易混到初中毕业，她想着"怎样都无所谓"，没去上高中，开始在拉面店打工。

十八岁时知惠结婚。对方是前辈介绍的管道工，比知惠大一岁。两人在知惠十七岁时相识并同居，第二年因知惠怀孕决定结婚。知惠十九岁时，长女出生。但她的婚姻只维持了一年就破裂了——她发现对家庭不闻不问的丈夫有了外遇。

知惠带着一岁的女儿回到父亲家。父亲非但没有热情地迎接女儿回家，反而要求她每个月交三万日元贴补生活，半年后，他又抢走了存育儿补助和儿童补贴的存折。

当时，父亲的情人经常出入家中。那是一个将近五十岁的、有孩子的女人，做的是酒水生意，她每天凌晨四点下班后，都用备用钥匙打开房门进来。知惠很嫌弃父亲的情人，但对方在家里的"地位"比自己高，知惠明显成了被疏远的一方。

父亲照旧对知惠施暴。知惠害怕极了。据说下午五点以后，她便在父亲回家之前紧闭房门，和女儿一起待在二层的房间不出来，晚上只在去酒馆打工时才下楼。由于存折被父亲拿走，她必须赚钱糊口，每周要去做两三次陪酒小姐，从晚上八点干到凌晨两点。

即便如此，她的收入仍然不够抚养女儿。她不仅无法送女儿去幼儿园，平时也不带孩子出去玩，根本不和孩子对话。她说"（女儿）是从电视里学说话的"或"（我）本来也不擅长交流"。孩子的语言发育迟缓明显受到了这些因素的影响。知惠还没教过孩子上厕所，孩子五岁时仍然穿着纸尿裤。

恶劣的环境，对女儿的成长发育造成了影响。例如，孩子每天都吃便利店的便当，知惠平时甚至不让她漱口。知惠的公婆接走知惠的女儿时，孩子的牙齿漆黑，满口都是蛀牙。

知惠为什么会对女儿不闻不问到这种地步呢？她这样回答我的问题：

"我不知道怎么把孩子养大……也没有人教我……但我知道，我做了对不住孩子的事……下次见到她，我会和她说说话的。"

知惠面对行政机构也是这种敷衍的态度。她带孩子做完三岁的体检后，就再也没有给孩子体检过。前夫的父母向市里的有关部门举报，称"儿媳妇不让孙女上幼儿园"。有关部门派员工去家访，她一次也不曾理会。

体检、家访这种程度的事，怎么也该应付得来吧？知惠却说："寄来的信都让我爸扔了，我不知道（体检通知寄到过家里）""我看外面是陌生人，所以没有开门"。顺带一提，她也没交过国民健康保险和国民年金，还欠了至少二十八万日元的手机话费。

不过，知惠对于自己喜欢的事是很痴迷的。她很喜欢韩国歌手组合，是不折不扣的"追星女孩"。她在酒馆打工挣来的钱几乎全用来追星，喜欢的组合来日本开巡回演唱会时，知惠会带着女儿跟着他们跑遍全国，通常要花去一两周的时间。其间，她们就住在演唱会举办地的商业酒店里。

二〇一五年年末，她发现自己怀孕，于是，之前的生活画上了休止符。孩子的父亲是一个三十岁的男人，有妻子儿女，是酒馆的常客。照知惠的说法，她是"只要有男人来约就会答应的性格"，听说她依着对方去了好几次情侣酒店，最后就怀上了孩子。

怀孕时，知惠坚持认为"已经有胎动了，不能去做手术"，一直没去医院。她不仅没有追究男方不伦的责任，连怀孕的事也没有提，只是单方面断了联系，还辞去了酒馆的工作，说是"找到了白天的工作"。

但她并没想好孩子生下来要怎么办。肚子越来越大，终于到了藏不住的地步。走投无路的知惠在网上查找和生产相关的信息时，偶然点进了"婴儿篮"的主页。她想着这里说不定能提供帮助，就鼓起勇气打了电话，冈田要求她"尽快过来"。于是，她将女儿交给前夫的父母，瞒着父亲从家里跑了出来。

知惠说：

"来这里之前，我一次医院也没去过……总之，我很害怕……我害怕大人生气。但等到孩子生下来就难办了，所以我给冈田打了电话……来这里的事，我只跟弟弟简单说了两句……所以我爸以为我离家出走了，就让他的女人把二层房间里我的东西全都扔了……我养的猫也被扔掉了……"

我们对话的过程中，知惠一直流露出一种看人脸色的神态。她对其他人一定也一样。

我环顾四周，房间里几乎没有她的私人物品。映入眼帘的只有随意摆在地上的路由器和一只贴着韩国歌手组合贴纸的手机。

"我来这里，主要是因为，养不了第二个孩子……孩子很可爱，我喜欢小孩。但我没有钱……如果有钱，我倒是想把他养大的。"

——你没想过请孩子的父亲出抚养费吗？

"嗯……还是算了吧……哎嘿嘿……"

在和知惠聊天的过程中，与其说替她起急冒火，不如说我感受到的更多的是对她的同情。她这种逆来顺受的性格，多半是父亲的家庭暴力导致的。十几岁的她以这样的性格做了母亲，连育儿的方法都不知道，什么都是一个人扛。也许是这些原因导致了忽视的发生。

我问她，遇到"婴儿篮"究竟好在哪里。

"嗯——好在哪里呢……应该是告诉冈田我的情况后，她没有让我立刻回家，而是答应让我在这里住一阵子，找找工作吧……所以，我觉得很好。"

对知惠来说，冈田也许是第一个认真为她着想，并倾听她的烦恼的人。

"这里确实很好……得到了帮助，我很高兴。"

伸出援手

回到办公室,冈田和年轻的员工奥田幸世(三十三岁)正等着我。奥田的职位是"总部助理",相当于冈田的左膀右臂,平时和冈田一起在全国奔波,将孩子送到养父母手中,或到各地开宣传说明会。她个子不高,长着一张娃娃脸,看上去不过二十出头。冈田是目标明确,不顾一切向前冲的类型,奥田则善于凡事先后退一步,冷静思考后再做决定。这大概就是两人齐心协力,顺利推进业务的秘诀吧。

其实就在一年半前,奥田也在"婴儿篮"生下了孩子,并将其送给他人抚养。当时和她交往的男人是孩子的父亲,两人已经商量好要结婚,对方却在不久后失踪。后来,警察来到奥田家,原来那个男人是电话诈骗的头子,连告诉奥田的姓名和年龄都是假的。奥田不得不借助"婴儿篮"的帮助,让一对陌生的夫妇领养了她的孩子。再后来,得知冈田这里人手不足,奥田立刻决定以员工身份在这里工作。

冈田在沙发上坐下,开口道:

"川西知惠的采访怎么样？她可算是一个'问题女孩'吧？因为她不会清楚地表达自己的想法，我们可头疼了。她刚住进来，手机账单就跟着来了，生孩子必需的健康保险她也没上。那会儿真是糟透了。生孩子的时候要是和外界联系不上、没上保险，岂不是麻烦大了吗？所以我告诉孩子的领养方，这两项费用是孕妇分娩时无论如何也要保证的，请他们帮忙垫付。这件事刚刚平息，市政工作人员又跑到我这里找知惠的长女，又闹得沸沸扬扬。发生了不少事呢。"

"婴儿篮"要求领养方支付有关婴儿的原则性必要支出。但孩子的生母之中也有像知惠这样没上保险的，甚至还有付不起生产费用的人。遇到这种情况，"婴儿篮"也会向领养方寻求支持。

奥田端来茶和脆饼干。大概这里平时会收到各种赠礼吧，每次我来，小点心都很丰富。

"最让我吃惊的，是那孩子不会做饭，也不会打扫卫生，不会洗衣服。已经是当妈的人了，却连米饭都不会煮，就一直默默地坐着。她真的什么都不会干，之前肯定也什么都没为她的长女做过吧。不过，我觉得这可能都是她爸爸的错。她家的家庭暴力确实很严重，她哪怕在厨房弄出一点动静都会被打，所以似乎也没法做饭。我担心她出现心理问题，就请我们的会员、一个心理方面的专家给她做咨询。结果发现，她今年已经二十四岁了，内心却还像个小孩……她平时很少说话，说不定曾承受过更残酷的事。"

奥田在旁边听着，喝了几口茶补充道：

"我也这么想。她可能遭遇过性虐待之类的事，不然不会自我否定到那个地步。"

有什么东西在敲打窗户，好像下雨了。

冈田一面拆开脆饼干的袋子，一面说：

"总之我们不能坐视不管，不可能让她回她父亲的住处，她五岁的女儿也让人担忧。所以我决定让她在这里多住一段时间，我们一起帮她找找工作。等她有了稳定的工作，能够独自生活之后，一定要让她把长女接回身边，不然她说不定会重蹈覆辙。家具的话，我们的会员各自分一些给她大概也就够了。她工作后，如果大家能通过电话或社交网络提供支持，她的日子大概总会变好的。"

冈田希望和"婴儿篮"的会员们齐心协力，撑起一个女性的生活。她为什么要做到这个地步呢？听到我的问题，冈田的目光一下子严肃起来。

"主要是因为之前有过痛苦的经历吧……想起那件事，就觉得不能让她刚生下孩子就回家。这样对她本人不负责任，还会害了她的孩子。"

听到"那件事"，我自然而然地想起冈田给我讲的那桩案子。

二〇一三年初夏，"婴儿篮"的办公室接到一位自称 A 的十九岁女性打来的电话。A离家出走后在东京都内的风俗店工作,怀上一个不知道父亲是谁的孩子,现在到了随时可能分娩的阶段,希望"婴儿篮"能提供帮助。

由于A尚未成年[1],冈田征得其父母同意后让她住进了宿舍。当时A身上有无数刺青,距离预产期不到一周,却被查出患有性病。然而,在冈田和合作医院的帮助下,A最终平安地生下了孩子。

几天后,冈田找到了孩子的养父母,请A在特殊抚养关系的必要文件上签字。A签完第一份文件,签第二份的时候,拿着笔的手突然停了。冈田问她怎么了,A说还是想自己把孩子养大。好像是因为见到孩子激发了母性,有了不想放手的冲动。对婴儿来说,由亲生母亲抚养长大肯定是最好的。冈田和A的母亲商量,对方答应一定会协助A养好孩子,冈田就让A回家了。

然而,仅仅三个月后,悲剧就发生了——A的婴儿惨遭杀害一事登诸报端。事情经过是这样的:A回到父母家后,很快便和父母产生了摩擦,抱着婴儿再次离家出走。她住进涩谷一家风俗店的宿舍,和两个年龄比她小的风俗小姐在一室的公寓中同居。A平时要么做应召女郎,要么寻欢作乐,一周有一半时间都不在公寓,其间她放心地将孩子交给同居的两位风俗小姐。然而,谁

---

1 日本法定成年年龄自二〇二二年四月起调整为十八岁,此前为二十岁。

也没有想到,这两位风俗小姐勒住婴儿的脖子,以将孩子痛苦挣扎的模样拍下来为乐。孩子最终窒息而死。

案发后,A好像对相关人士说过:"我爱我的孩子,也有好好照顾他。"然而,据说她住宿的那间公寓里不仅没有奶粉,连奶瓶也没有。

这起案件给冈田留下了很大的心理创伤。她之前相信孩子的亲生母亲说的"我爱他""会把他养大",但这起案件让她不得不承认,"爱"和"抚养"的概念因人而异,对于不同的人可能有巨大的不同。从此以后,她便不再满足于在特殊抚养关系的双方之间周旋,还希望能为孩子的亲生母亲提供更多帮助。

"来到我这儿的孩子,都是些'问题女孩'。行政机构本应该给她们支持的,现实却并非如此。行政机构有其局限性,女性自身往往也要面对各种复杂的情况,几乎没有人选择向外界说明自己的难处并请求帮助。我们这种地方,就是这类女性最后的选择。"

要面对复杂问题的人主动去行政机构坦白自身的难处、请求帮助,并不是一件容易的事。川西知惠和书中提到的每一位加害者都没有做到这一点。

"所以,我才觉得这里一定不能放弃她们,必须予以接纳。只有我一个人的话确实很难,但还有和她们年龄相仿,更容易理解她们立场的奥田,我们一起,肯定会有办法的。"

"对吧?"冈田说完,向奥田使了个眼色。奥田沉稳地接过话头:

"我比冈田年轻,有过把孩子送出去做养子的经历,孕妇们更愿意向我敞开心扉。我觉得,来'婴儿篮'的女孩,都是花了一番工夫,鼓足勇气才找到这里的。其中还有人意识到生育的现实问题,上网查如何在自己家生孩子或流产,却奇迹般地发现了我们这个地方——应该说,绝大多数来这里的女孩都是如此。"

奥田沉思着继续道:

"所以,我认为不应该批评来这里的人。'你都干了些什么''为什么要这么干'——我们不能这样去否定她们。应该告诉她们的是:'你做得很好''幸亏你到这里来了''我们会帮你想办法的'。因为她们真的已经很努力了。"

一年半前,奥田也在走投无路之际来到"婴儿篮",送走了生下的婴儿。她的话大概是经验之谈吧。

"我们的首要任务,是找到对婴儿来说最好的归宿。因此我们必须帮助困难的母亲,毕竟没有哪个婴儿能独立生活。"

听到这里,冈田开心地附和:

"说得没错。我们也接触过不少和常人不同的女性,但她们每个人把孩子送走的时候都会哭。没有哪个母亲愿意以这样的方式和自己的孩子道别。所有人都有各种各样的原因,不得不和孩子分别。"

冈田顿了顿，继续道：

"也有的女孩和川西知惠、和 A 一样，根本不知道怎么养孩子。不过，只要提供到位的支持，她们一定也能把孩子养大。之所以做不好，是因为没有人教她们、支持她们。所以我计划建几座母子宿舍，让母亲和孩子住在一起，想方设法帮助这类女性。不过在这之前，也只能一个一个地去帮助她们。"

冈田的话不由得让我想起采访中遇到的那些加害者。冈田和奥田希望和那些困顿的女性成为朋友，向她们伸出援手。相比之下，我也许下意识地想要和她们拉开距离。

大部分父母都会比照着自己幼年的经历去爱孩子、抚养孩子，必要的时候也会向周遭请求支援。但案件的当事人并非如此。他们在恶劣的环境中长大，并且不懂得家庭为何物、爱为何物，不懂得如何抚养孩子长大。生活的困窘使他们不得不去做酒水生意或犯罪，渐渐变得自卑，无法开口向行政机构求援。

没有人能选择自己出生的家庭。但如果有那么一点点勇气，或者有人促成这份勇气，像知惠那样的母亲就确实会得到拯救，她的孩子也会在养父母身边过上幸福的生活。

奥田忽然若有所思地拿出手机，给我看了手机中一张可爱的婴儿照片。

"这是川西知惠一周前生下的孩子。一个男孩。很可爱吧？"

三天前，知惠送走了她的孩子。据说在那之前，她住院的时候每天都要去新生儿产房好几次，隔着玻璃久久地凝视自己的孩子。分别的时候，为了不让孩子感染她的情绪，她没有抱孩子，只是在心里默默呼喊："要努力活下去呀！"

冈田也看着那照片微笑。

"无论什么样的母亲，只要予以足够的支持，都会成为称职的母亲。川西知惠也一样，她总有一天会胜任母亲这个角色的。"

我又看了看那个婴儿的脸。

再过一两年，他就会叫"爸爸""妈妈"，跟在父母身后蹒跚学步了吧。

照片中的婴儿直直地望向屏幕这边。无论他和他的父母是否血脉相连，我都希望父母陪伴在他身边，紧紧拉住他的小手。

文库版后记

二〇一六年本书单行本出版后，日本每个月仍有虐待儿童案件爆出。

二〇一六年全年，因虐待死亡的儿童达到七十七人（其中有二十八人和家人一起自杀）。尤其引起社会关注的，是埼玉县狭山市发生的藤本羽月（三岁）虐待致死案。羽月的母亲和其未履行婚姻手续、实际过着婚姻生活的男友经常监禁、虐待羽月，在羽月身上浇了冷水后不予理会，最终致其死亡。警方称，羽月的胃里空空如也。

二〇一七年，大阪府寝屋川市的一栋公寓中发现了四名幼儿的尸体。凶手将尸体塞进水桶，并在桶里浇注水泥。幼儿的母亲在六年内生下四个孩子，以"没有经济能力"为由，将尸体遗弃在水桶里，并隐藏起来。

二〇一八年，东京都目黑区发生船户结爱（五岁）虐待致死案。结爱长期受继父虐待，一次遭受虐待后有一段时间无人问津，被送到医院时身受重伤，失去意识，随后被医院宣告死亡。案发后，警方在结爱家中发现一个记事本，里面写着一段没加标点的文字："求求你原谅我　原谅我吧　求求你了"，由此引发热议，人们呼吁儿童咨询所完善相关机制。

儿童咨询所成了众矢之的，虽然员工拼了命地预防并阻止虐待的发生，类似的惨案还是以每年数十起的频率发生。儿童咨询所则要处理每年远超十万例的咨询。

遗憾的是，普罗大众对于虐待的看法常年没有改变。

媒体报道虐待的新闻后，无论学者还是普通人，都异口同声地痛斥虐待儿童的父母是"恶魔"，继而掉转矛头，指责儿童咨询所和行政机构办事不力。而后怀揣着一种将万恶的根源公之于世的满足感，把注意力转移到其他事上。

等到案件进入审判阶段，真相大白的时候，大部分人甚至都忘记了它的存在。每年有数十起虐待致死的案件发生，其中的绝大多数只不过会成为人们的谈资，几天就被消费殆尽。

在这样的年代，有多少虐待背后的真相被埋没了黑暗之中呢？本书试图揭开这些藏在黑暗中的事实。书中选取的三起案件，共同之处是虐待儿童的父母的成长环境非常恶劣。说得再直白一些，是每个受害孩子的父母和他们的父母之间都存在着扭曲的亲子关系。

厚木市幼童饿死白骨化案、下田市婴儿连环杀害案、足立区兔笼监禁虐待致死案——每一桩案件的凶手，其父母都有很大问题，他们或虐待孩子，或将孩子置于类似于虐待的环境中。这些凶手并非生来就是怪物，他们的父母才是怪物。

从这个角度来看，不难看出凶手们自幼受到怪物父母的言行影响，为之苦恼。他们长大成人后，无论是人格还是对常理的判断都已经扭曲。何为爱，何为家人，何为生命的重量——他们甚至不曾有机会思考这些。正因如此，他们成为父母时，才会一面说着"我爱你"，一面又虐待自己的亲生子女，甚至夺走孩子的性命。

近几年的大脑科学研究也证实了虐待的负面连锁效应。遭受虐待的孩子有的大脑发育异常，出现类似发育障碍的症状，有的则患上精神疾病。生活的艰难令他们出现不去上学、自杀、行为不良、卖淫、过早结婚、药物依赖等问题，这些问题使他们所处的环境更加恶劣，待到他们也成了父母，便渐渐成了施虐的一方。

如此看来，就算儿童咨询所的员工发现某个家庭出现了虐待行为，慌忙将孩子和大人分开，或许也已经于事无补。孩子获救时，可能已经受到了难以估量的影响。

若想从根本上切断虐待的负面连锁效应，或许有必要在父母育儿之前就对家庭提供支持。如果发现一对无法以恰当的方式育儿的父母，则应当在孩子出生后——不，在孩子尚未降临人世时就为其父母的生活提供帮助，让父母理解何为恰当的育儿。这样的父母遇到育儿困难时，应当立刻有专家伸出援手。如果不能提供这样的社会环境，就很难将虐待扼杀于摇篮之中。

遗憾的是，如今的行政机构既没有充足的人力，又没有相应的预算，世人也不赞成提供过多的帮助："都是成年人了，到底要替他们操心到什么份儿上呢？"人们最终将家庭的不和谐归为父母自身的责任，和旁人无关。但这样下去，牺牲的其实是所有无法选择自己生在哪个家庭的孩子们。

我也明白，对虐待的防治无法一蹴而就。明知如此，我还是要强调防治虐待的必要性，是因为本书中的案件并未彻底结束。

二〇一九年，本书的文库版出版之际，书中提到的高野爱即将假释出狱。除了下田的母亲家，她无处可去。但等待她的不只是她的孩子们，还有周遭的歧视和一群想要再次玩弄她的男人。

高野爱的家人很担心这一幕的发生。她的两个妹妹就不用说了，二〇一八年六月，高野爱的前夫高野辽主动联系了我。他说他很害怕，有几个孩子留在爱的母亲夏美身边，不知道爱回家后会发生什么。也许五年前噩梦般的生活会卷土重来，也许孩子们到了青春期，即将面对新的苦难。这很可能引起巨大的负面连锁效应。

书中提到的三起案件并未随着审判的结束而落下帷幕，无论是对涉案家庭，还是对社会来说，案件都还处于"现在进行时"。所有发生过的和今后可能发生的虐待案，都是如此。

我知道惩罚违反法律的人、让他们服刑的重要性，但犯罪的症结并不会因为犯罪者接受了惩罚就消失。如果回避案件仍在继续的事实，那它迟早会以另一种形式重新跃入大家的视野。

人们常说："孩子是社会的珍宝。"文部科学省也用同样的比喻，强调社会在育儿过程中应起的作用。如果想让这个宏大的愿景成为现实，我们每一个人都不该把虐待孩子的父母视作"恶魔"了事，而应该关注他们的真实状况，为他们做些力所能及的事。

二〇一八年十一月
石井光太

"KICHIKU" NO IE : WAGAKO WO KOROSU OYATACHI by ISHII Kota
Copyright © Kota Ishii 2016
All rights reserved.
Original Japanese edition published in 2016 by SHINCHOSHA Publishing Co., Ltd.
Chinese translation rights in simplified characters arranged with SHINCHOSHA Publishing Co., Ltd. through East West Culture & Media Co., Ltd., Tokyo.
Chinese translation copyrights in simplified characters ©2023 by China South Booky Culture Media Co., Ltd.

© 中南博集天卷文化传媒有限公司。本书版权受法律保护。未经权利人许可，任何人不得以任何方式使用本书包括正文、插图、封面、版式等任何部分内容，违者将受到法律制裁。

著作权合同登记号：图字 18-2023-186

图书在版编目（CIP）数据

恶魔之家 /（日）石井光太著；烨伊译. 一长沙：
湖南文艺出版社，2024.1
ISBN 978-7-5726-1359-3

Ⅰ. ①恶… Ⅱ. ①石… ②烨… Ⅲ. ①纪实文学一日本一现代 Ⅳ. ① I313.55

中国国家版本馆 CIP 数据核字（2023）第 145455 号

上架建议：畅销·纪实文学

EMO ZHI JIA
恶魔之家

著　　者：	[日]石井光太
译　　者：	烨　伊
出 版 人：	陈新文
责任编辑：	张子霏
监　　制：	邢越超
策划编辑：	韩　帅
特约编辑：	张春萌
版权支持：	金　哲
营销支持：	周　茜
封面设计：	胡崇峯
版式设计：	胡崇峯
内文排版：	百朗文化
出　　版：	湖南文艺出版社
	（长沙市雨花区东二环一段 508 号　邮编：410014）
网　　址：	www.hnwy.net
印　　刷：	天津丰富彩艺印刷有限公司
经　　销：	新华书店
开　　本：	875 mm × 1230 mm　1/32
字　　数：	177 千字
印　　张：	9
版　　次：	2024 年 1 月第 1 版
印　　次：	2024 年 1 月第 1 次印刷
书　　号：	ISBN 978-7-5726-1359-3
定　　价：	52.00 元

若有质量问题，请致电质量监督电话：010-59096394
团购电话：010-59320018